いつもひとりだった、京都での日々

ALONE IN KYOTO

by

Hsin-Yin Sung

Translated by
Sakura Mitsuyoshi
First published 2019 in Japan by
Hayakawa Publishing, Inc.
This book is published in Japan by
direct arrangement with
Locus Publishing Company, Taipei, Taiwan.

装幀／名久井直子
カバーイラスト／ながしまひろみ

目次

到着。華やかだけど、寂しそう

京都にやってきたのは桜が満開を迎えた頃だった。

あたりはどこも桜で華やいでいたけれど、わたしには寂しそうに見えた。

四月の一週目、東京で奨学金の手続きを終えたわたしは、大きなスーツケースとともに、新宿の二十四時間営業のカフェで、夜になるまで時間をつぶしていた。

周囲はがやがやとにぎわっている。店じゅうに広がる煙。まるで映画のワンシーンのように、顔の一つひとつがぼんやりしてくる。

夜の十時。新宿西口から、夜行バスに乗って京都へ向かう。

バスが高速道路を走る。両側にそびえ立つ高層ビルの、きらきらと輝くライトアップのせいで、異次元に身を置いているような気分になる。

バスの暗闇の中、ほとんどの人がすぐに眠りについてしまった。

日本に着いてから、かれこれ二十四時間がたっていた。疲れきっていたけれど、ちっとも眠くなかった。

京都でのこれからの生活のために、出発のひと月前から準備に奔走《ほんそう》していた。買い物をしたり、荷造りをしたり、友人たちに会って別れの挨拶をしたり、携帯を解約したり、手元の仕事を片付けたり、日本円に両替をしたり……。

部屋探しのために京都にも行った。

ものすごく忙しかったけれど、気持ちは昂《たか》ぶっていた。

電車の中で自分の携帯が鳴っている幻聴がする。仕事に追いまわされる。いろんな番組の制作に追われる……そんな毎日とも、ついにお別れだ。

出発前日の深夜までに、いろんなことがほぼ片付いた。スーツケースに鍵をかけた瞬間、やっとほっとできた。

明け方になるのを待って、空港に向かえばいいだけだった。

でも、まさにそんなとき。ふいに友人の哲生《ジェアション》のことを思い出した。哲生はメールを返してくれていなかった。

会ってお別れしてくれるって言ってなかったっけ？　約束、忘れちゃった？

パソコンを開く。哲生がくれたメールに返信をする。

「兄さん、なんか冷たくない？　わたし、もうすぐ出発なんだけど。

ひょっとしたら二度とわたしに会えなくなるかも。後悔しないでよね。

返事ちょうだい。それか京都に会いに来てね」

夜がもうすぐ明ける。そろそろ出発だ。

そんなとき、ある友人からニュース記事へのリンクが届いた。「哲生が亡くなったって」

やっとのこと半分ぐらい記事を読んだところで、わたしの頭の中は混乱してぐちゃぐちゃになった。理解が追いつかなかった。

さっき、わたしがわざとぶりっこしてメールを送ったとき、哲生は山林に入り、木に首をくくって命を絶っていたのだ。

どうして「二度と会えなくなるかも」なんて言葉を使ってしまったんだろう。

目の前のニュース記事も写真も偽物みたいだったし、できそこないの小説みたいだった。

涙だけが本物だった。

それでも、わたしはしっかりプログラムされたロボットのように、前進し続けた。

空港でチェックインを終えて、重量オーバーの荷物を係員に指図されながらつめ直し、飛行機に乗って、シートベルトをしめて、旅立った。

窓の外の真っ青な空と真っ白な雲を眺める。ぐちゃぐちゃになった頭の中のコードが、もと通りになった気がした。

到着してからも、わたしは相変わらずすべてのことを一つひとつこなしていた。

お金を節約するために、新幹線には乗らなかった。カフェで時間をつぶして、夜行バスで京都へ行くことにした。


友人の袁　哲　生《イェンジェアション》は小説家だ。

哲生と仲良くなったのは、あるマンガがきっかけだった。

当時、わたしたちは同じ新聞社で働いていて、彼はわたしの真うしろに座っていた。

いつもつまらないギャグをとばしていて、なぜかいつもため息をついていた。

ある日、わたしは『ジョジョの奇妙な冒険』を哲生に渡してこう言った。

「兄さん、ちょっとは笑ったら」

少しして、哲生が神妙な顔をしてこう返してきた。

「みなまで言うな。これは二ページ読んだだけで十回以上は笑っちまうやつだ」

きわめて真面目な文学青年だというのに、ナンセンスな笑いまで分かってる！

わたしはこういう人が大好きだ。それで、友達になった。

その後、哲生は転職したが、ときどきわたしに電話をかけてきては雑談をしていた。

「おいおい、ゴシップでも話してなごませてくれよな。あーあ、つまんねえ……」

わたしは哲生の忠実な読者ではなかったが、哲生はよく書きあがった原稿を持ってくると、真顔でこう言うのだ。「新新人類（九〇年代、台湾での流行語）さん、どうかご教示を！」

それは、小説の草稿《そうこう》だった。

ある二十四時間営業のカフェで、哲生が『羅漢池《ルオハンチー》』の構想を夢中で話していたのを、

わたしは一生忘れないだろう。

もっとも、小説家はとっくにそんなことなど忘れているだろうけれど。

でも、わたしは哲生の作品を読むと、いつもいじわるにこう言っていた。「兄さんは子どものころ、絶対ネクラだったでしょ」

本当はものすごく感動していた。有名な小説家が、ごく普通の読者の、ごく平凡な感想を聞きたがっているのだから。

哲生は温かくて、優しくて、誠実な人だった。いつも、自分や世間のことを穏やかに、冗談めかして話す人だった。

「あーあ、こんなの書いたって誰も読みたくないだろうね。俺ってなんで美人すぎる女流作家じゃないんだろ」

哲生は自分の小説について話し終えると、自虐に走り、それからまた創作に没頭する。孤独なくせに生きることにかけては貪欲《どんよく》で、周りの人を楽しませようとしていた哲生の性格がわたしは大好きだった。

ある冬の日のこと。わたしは、仕事のストレスがピークに達していた。日本への留学準備をしていると、突然哲生から電話がかかってきた。

「新新人類さん、何か面白いネタはない？　つまんなくってさ」

わたしたちはいつもこんな調子で話していた。だから猛烈に忙しかったわたしは、ただのその場しのぎでこう答えた。

「兄さん、わたし忙しくて死にそうなんだから、からんでこないでよ」

反射的に、すぐ電話を切った。

それから、出発までの生活はただただ忙しいのひとことに尽きた。それで、哲生にメールはしたものの、返信は見ていなかった。

出発の直前になって、やっと思い出したのだった。


明け方の五時、わたしはスーツケースとともに、京都駅の八条口《はちじょうぐち》に放り出された。バスがゆっくりと去っていく。

始発が来るまで、あと一時間はある。

駅の周辺はからっぽ。わたしだけ。暗くて、静かな空間。

急に怖くなった。慌てて重たいスーツケースを引きずり、地下街に身を潜めた。

何かに飲み込まれてしまいそうで怖かった。

地下街は明るかった。けれど、誰ひとりいない。

スーツケースに座って、静かに時が過ぎるのを待つ。古都が目覚めるのを待った。

ようやく夜が明けた。始発のバスに乗る。窓の外を見ると、日の光を浴びた鴨川の水面《みなも》に波が立ち、きらきらと光っている。

その両岸には満開の桜。風が吹くと、ピンク色の花びらが飛んでいく。春の京都はどこもかしこも、花びらが舞っていた。

隣に座った女子高生がうれしそうに言う。「春が来たわ。きれいやわあ！」

その顔には青春と希望が満ち溢《あふ》れていた。

バスを降りて、疏水《そすい》のそばの桜の木の下を通りすぎ、散りゆく花びらをじっと見つめる。昆虫の翅《はね》がはがれているようだった。

桜の花びらが身体に触れる。そっと落ちてきたそれに、物悲しくなった。

ふいに、何かが分かったような気がした。

日本人が、満開の桜の木の下で命を絶とうとするのは、栄華《えいが》が尽きる前に時間を止めてしまいたいからなのだろう。

それは、過ぎ行く歳月への感傷によるものだろうか、

それとも、栄華の極みというのは結局、寂《さび》しいものだからなのか？

空っぽの六畳一間の畳の上で一日過ごしたあと、
わたしはしっかり組まれたプログラムをまた起動させて、家具や生活用品を買うことに集中した。

努めて明るく笑ったし、あらゆる学生の集まりにも無理やり参加した。

たぶん、そういうことを真面目にこなしすぎていたからか、哲生のことはほぼ忘れていた。

でも、大勢の人がいるにぎやかなところで、どう立ち回ればよいのか分からなかった。

しまいには愛想笑いに疲れ、こっそりと逃げ出していた。

人々が行きから賑やかな街並みを、あてもなく、立ち止まることもなく歩き続けた。

やっと、哲生のことを思い出す。

哲生の心の闇は、こんなふうに喧騒の中で、
そっと一滴ずつ増えて、広がっていったのだろうか。

わたしはあまりにも真面目に生活しすぎて、心が疲れてしまったらしい。ついにミスを

犯してしまった。

自転車に乗っていて事故にあった。全身があざだらけで痛い。昏睡《こんすい》状態だった数日の間、不思議な夢をかわるがわる見ていた。

ある人はわたしの額にキスをする。ある人はわたしに謝ってくる。

ある人は頑張れと言う。両親、友人たち、わたしの心を傷つけた人。

台湾・東京・パリ・ベルリン・ニューヨーク。風景はあちこち変わっていくけれど、最後には転倒したあの場面に戻る。

激しい痛みの後に、死への恐怖がおとずれた。

でも、わたしはどうにか目覚めた。

あちこちで鳴くカラスの声。畳の上に差し込んでくる日の光。

あらゆることすべてが、いま自分は京都にいるのだということを確認させてくれた。

鴨川のほとりの桜の木には、もう青葉が伸びてきている。

日の光が差し込んでいる川面には、なおも穏やかで静かに、きらきらと光る波が立っている。

ピンク色の桜の花の雨はもうない。そんな景色が、わたしを現実に引き戻してくれた。

本当の意味で、わたしの京都生活はこのときから始まった。

友人を失った悲しみが、ときどき心の底から湧き上がってくる。

そんなときは、突然ちくりと虫に刺されたような感じがする。

哲生は、自分の欲しかった安らぎを得られたのだろうか。

いや、哲生は安らぎを得られたのだ。わたしの心の片隅では分かっていた。

いつもひとりだった、京都での日々。

ひとりワルツ

桜の花が満開になろうという三月のこと。京都で住まいを探していたわたしは、土田さんと出会った。

土田さんは小柄で少し太っていて、とても親切で明るい年配の男性だ。初対面のとき、日本語よりも英語のほうができるわたしに、土田さんはこう言ってくれた。「You don't have to buy anything…… (何も買う必要はありませんよ)」日本の賃貸アパートはワンルームが普通だ。そして照明器具も自分で買って取りつけないといけない。でも土田さんの貸している部屋は家電一式が揃っていた。「I am not greedy. I would like to make friends. (わたしはお金儲けで部屋を貸しているんじゃないんです。友達が欲しいんです)」それですぐに、ここに住むことに決めた。家電のことだけが決め手ではない。わたしは良い大家さんにも出会いたかった。京都の大家さんはややこしい人が多いという話はいろいろ聞いていたけれど、目の前にいるこの老人は、わたしに脅威を与える人物ではなく、世話好きの友人のような方だと直感したから。

土田さんはやっぱり、とても優しくて良い人だった。

入居したその日の夜、玄関のベルが鳴った。ミネラルウォーターを持った土田さんだった。というのも、わたしがまだポットを買っていなくて、水を飲んでいないんじゃないかと心配だったのだそうだ。がらんどうの部屋の畳に座って、水を飲んだ。これからの京都での日々はきっとよいものになる。そう確信した。

わたしの住む土田ハイツには、十二名の独身男女が入居していた。その横には、土田さんの三階建ての洋風のお宅が並んでいる。それから向かいには倉庫のように大きい教室がある。夜になると、土田さんはその教室で英語を教えていた。生徒はほとんどが女性だった。この三つの建物で「土田コミュニティ」ができあがっていた。

人の出入りは多かったが、わたしは土田さんぐらいしか面識がなかった。奥様はとても静かな方で、見た感じは夫より二回りぐらい年下らしい。見かけるときはいつもスカート姿で、眉間に皺《しわ》を寄せて家事をしており、話をする機会はなかった。それになぜか、夜はいつも不在のようだった。お宅の前を通ると、土田さんはひとりでテレビを見ているか、ひとりで電子ピアノの練習をしているかだった。

古都の情緒あふれる美しさ、それから新しい友人たちとの出会いの興奮は、わたしの新生活を充実したものにしてくれそうだった。だが実はほとんどの時間、とくにみんなが帰省するような休日は、ひとりで部屋にひきこもっていた。ひょっとしたら、土田さんはこんなわたしの様子を見ていたのかもしれない。入口のところで会うたびに、満面の笑みで話しかけてくれた。「いつかご飯おごったるな。留学生やし何やお世話したりたいねん」でも、「戸締《とじ》まりに気いつけや」とか「下着は外に干したらあかんで」とかいった注意をしにくる以外には、土田さんはわたしの部屋のベルを鳴らすことはなかった。鉢合わせするのはたいてい入口のところで、土田さんはいつもはつらつとしていた。ぴしっとした格好でコロンをつけて社交ダンスに行くこともあったし、アート系のイベントから帰ってきたこともあった。「展覧会に行ってきてん。めっちゃ良かったわ。あっはっはっ……」どんな話でも、土田さんはさわやかな笑い声で締めくくる。

京都での一年目はと言えば、そんなほどよい距離の土田さんが、わたしの生活に添えられたことぐらいだった。

桜の花が満開になる前の冷気がまたやってきた。この頃、わたしはアメリカ在住の台湾人と遠距離恋愛中だった。日本語はだいぶ話せるようになっていた。でも結局は家でひとり、インターネットを通じて、心おきなく中国語で話しているのが心地よかった。夜はネット三昧、朝になったら眠る生活が続いた。

ある寒い日の早朝のこと。ほとんど使われていない玄関のベルが、突然大きな音を鳴らした。

目がしょぼしょぼのままでドアをそっと開けると、なんとそこには土田さんがいた。おかしなことに下着姿のままだった。真っ青な顔をして、眉間に皺を寄せている。どうやら自宅から逃げ出してきたらしい。「ごめんな。みんなおらんかってん。宋《ソン》さんしかおらんかったから、玄関のベル鳴らしてんやん」ひょっとしてどこか具合でも悪いのですか。そう尋ねると、土田さんは、もうすぐ春やから、花粉症になってしもたんかもとか、昨日の夜は飲みすぎたからかもとか言った。とにかく体調が悪そうだった。「家で死んどっても誰も気づいてくれへんかもしれん思たら怖なって。逃げて来たんよ」

どう見ても恐怖におののいていたし、かすかに震えていた。いつもは元気いっぱいの土田さんのこんな姿に、わたしはひどく驚いた。「奥様はご不在なのですか。病院へ行きますか」「奥様？　とっくにおらへんわ。あの人はヘルパーさんや。週に三、四日来てくれはるんよ。最近は用事があってしばらく来たはらへんねん」わたしは驚いて声をあげそうになった。なんだ、あの女性は奥様じゃなかったのか。

だから、夜は土田さんひとりなのか。

わたしは病院へ連れていこうとしたが、断られた。散歩でもすればよくなると言ってきかなかった。

結局、二人して近くの琵琶湖疏水を散歩しにいった。冷泉通《れいせんどおり》のほとりには、まだつぼみの桜の木が並んでいる。土田さんが桜の木の下で新鮮な空気を吸う。みるみるうちに顔に赤みが差してくる。そしてまたいつもの笑顔に戻った。

「じつはな。息子がこの近くに住んでんねん。宋さんより一回りは上のひとりっ子なんやけど、ぜんぜん会いに来いひん」わたしは初めて、土田さんの満面の笑みの奥に、言いようのない暗い翳《かげ》を見た。

ようやく四月になった。満開の桜の花が咲く京都は、どこも観光客でいっぱいだ。京都に慣れてくると、わたしは好んでひとりで過ごすようになった。ある日の深夜一時ごろのことだ。静かに夜桜を観賞しようと、部屋の裏手の疏水道に向かった。

土田ハイツのあたりはもちろん、古都全体が眠っていた。門を開ける。ぎぃーっと音が響く。

門を出て左に曲がって疏水道まで行くと、小さな人影が見えた。街灯に照らされた美しい桜の木の下で、人影はワルツを踊っていた。見えないパートナーを抱えて、桜の木の下でひとり、ぐるぐると回っている。その影の主には見覚えがあった。そっと近寄ってみる。やっぱり土田さんだった。顔を真っ赤にして、真剣にワルツのステップを練習している。ピンク色の桜の花びらが周りを舞っている。

土田さんが振り向く。わたしが見えたようだ。笑いながらくるくると回って、目の前まで来る。「宋さん、まだ寝てへんのか。もう夜中の一時やで」

その口から、お酒の匂いが漏れた。「はい。土田さんもですよね」

話し終わると、またくるくると回って別の方へ行ってしまった。ひどく酔っぱらった状態で見えない相手と踊る姿は、まるで「家におりたないねん。ダンスで気分転換したいねん」と訴えているようだった。

桜の花は、瞬く間に散った。わたしの京都生活も二年目に突入した。

ヘルパーさんがまたやってくるようになった。土田さんも、これまでの明るくて元気な姿を取り戻した。真っ青な顔をしていた土田さんは、桜の花と一緒に蒸発してしまったようだった。これまでのように、髪をセットして、スーツを着て社交ダンスを習いにいく。それからヘルパーさんにあれこれ厳しく指示をして、夜の授業ではユーモアあふれる話をして、生徒さんたちと一緒に笑っていた。

わたしの生活は異常なまでに忙しくなり、土田さんとばったり会うこともだいぶ減ってしまった。入口のところで会ってもちょっと挨拶するぐらいで、すぐに自転車でいそいそと出かけていた。桜の花の雨の中のひとりワルツの後、また話すことはなくなっていた。

祇園祭《ぎおんまつり》の季節が夏とともにやってくる。クラスメートたちが浴衣と下駄に着替えるために、わたしの部屋に来た。みんなで街に出て山鉾《やまほこ》（神社の祭礼で引かれる山車。神体が祀られている）を見にいくのだ。見物客たちの自転車で、土田ハイツの駐輪場はあっという間にいっぱいになった。わたしは自転車のことを知らせておかねばと思い、浴衣を着たまま、土田さんのお宅のベルを鳴らした。

しばらく会わなかった土田さんが姿を現した。顔じゅう白い無精《ぶしょう》ひげ、目はぼんやりとして焦点が合っていない。おそらくわたしの話を理解していないようだった。かなり気まずい空気が流れて、急に正気にもどったらしい。「ちょっと待っててな」部屋に戻るとカメラを持ってきて、浴衣姿のわたしたちを一枚、また一枚と撮影する。

大家さんとはトラブル続きの日本人のクラスメートのイマリが、不思議そうな顔をして言った。「宋さんの大家さんって、ほんま明るいし元気やな。京都にあんなええ大家さんおんねんやなあ」

次の日の夜、土田さんがこのときの写真を持ってきてくれた。土田さんは満面の笑みをたたえ、その口元からは、こてこての京都弁と笑い声、それからお酒の濃厚な匂いも発されていた。「宋さんの浴衣姿見てたら、娘のこと思い出してなあ。ほんまにええ娘なんよ。九州に嫁に行ってしもたんやけどな。えらい遠いやろ」あれっ。土田さんのお子さんって、関係があんまり良くない息子さんおひとりだけじゃなかったっけ。でもこの心の声は、そっと胸の内にしまっておいた。

玄関先の立ち話で、土田さんの半生を聞いた。十六歳で出征し、敗戦後に京都に戻った。それから「敵国の文化を学ぶため」、立命館大学に行かされて、アメリカ文化と英語を学んだのだそうだ。息子さんの話題も出た。四十歳ぐらいで、まだ結婚していない。若い頃、日本と、父親である土田さんのことが嫌でニュージーランドに移り住んだものの、生活になじめずに京都に戻ってきた。そして近所に住んでいるというのに、お互いに没交渉なのだとか。それから最後に、土田さんの近況話になった。今は英語を教えるかたわら、教育関係の勉強会を開いているうえに、社交ダンスを習っていて、とにかく忙しいということだった。その晩、わたしはやっと気がついた。わたしはずっと、土田さんのことを熟知していると思いこんでいたけれど、実は何ひとつ知らなかったのだ。

一月、何度か雪が降った後、わたしの遠距離恋愛はますます燃えあがっていった。しまいには、アメリカへ旅立つ決心をした。この春が終わったらもう契約はしないことを話したら、土田さんは寂しそうに下を向いて言った。「もう契約更新の時期か。宋さんも行ってしまわはるんかぁ」

三月末のある日の晩、荷造りの最中に部屋のベルが鳴った。「宋さん！」土田さんがスーツを着て、玄関前に立っている。スーツからはほんのりとコロンの香りがする。「ご飯、食べ行こうや」急に、二年前の約束を思い出したらしい。

荷づくりが終わっていなかったので、本当は部屋を出るのがためらわれたが、息子さんと「お互いに没交渉」の話を思い出して、やっぱり食事に行くことにした。

お店に入ると、店長がすぐにビール瓶を数本、土田さんの前に置いた。そして土田さんはそこから一本取って、「飲みいや」とわたしの前に置いた。そうしておいて、一本、また一本と栓を開けていった。話は休むことなく延々と続いた。昨日は寝なかったのだと言う。眠れなくて、一晩じゅうひとりで飲んでいたのだそうだ。それから、今とてもわくわくしているとも言った。というのも、九州の娘さんが明日から一週間ほど京都に来てくれるから。それから、あのヘルパーさんをお嫁さんにしてはどうかとある人から言われたらしい。でも土田さんとしてはそれは無理、歳の差がありすぎると思っているとか。それから、台湾に行ってみたいとも言っていた。「ひょっとしたらそっちで嫁はん見つけられるかもしれへんな。あっはっはっ……」

栓がされたままのビール瓶を前に、土田さんの話をずっと黙って聞いていた。どう返事をしていいのか分からなかった。でも、この手の話はただうなずいていればよくて、返事なんて必要ないのかもしれない。

土田さんは一ダース以上は、ビール瓶を空にした。わたしはお好み焼きを二枚食べたところで、そろそろお開きにしませんか、と言った。帰りがてら、頼まれてスーパーでの買い物に付き合った。お店に入ると、土田さんはさっとお酒コーナーに行って、アサヒビールの缶を半ダースほど手にした。それからわたしにはアイスクリームを渡した。「かまへん、わしが払うさかい……」

結局、真っ赤な顔をした土田さんと二人、大きな袋をぶら下げて家に帰った。道すがら何か話しかけようと思ったけれど、結局何も言えないでいた。最後に、土田さんが自宅の玄関で鍵を出してドアを開けた途端《とたん》、急に誰かに対して怒ったふうになった。そしてぱっと身をひるがえして中に入り、がちゃりと鍵をかけた。

わたしはアイスクリームを抱えて、いそいそと部屋に戻った。冷ややかな空気の中で食べたアイスクリームは、複雑な味がした。

翌朝、すべてはいつも通りに静かで、なんの変哲《へんてつ》もなかった。

わたしはドライバーを借りようと、土田さんのお宅の勝手口の戸をノックした。なにぶん、ほかにあてもなかった。

かなり若いおしとやかな女性が戸を開けてくれ、こちらでちょっとお待ちください、と中に通された。

土田さんのお宅のキッチンに、初めて足を踏み入れた。ごみとビールの缶だらけだった。

部屋の中には、きちんと整理されたものが何ひとつない。女性は気まずそうに、床に転がっている空き瓶や空き缶を拾いながら、物がたくさん詰まった引き出しを開けて、ドライバーを探してくれた。

「ごめんなさいね。しばらく誰もお掃除していなかったから。わたし、今日九州から帰って来たもので」

「あの……土田さんのお嬢さまでしょうか」

「お嬢さま？　いえいえ、わたしはただの雇われのヘルパーですよ」


荷物をすべて台湾に送った後、わたしは土田ハイツを出て、友達の家に引っ越した。桜が咲き終わるのをなんとしてでも見届けてからでないと、出発できないと思ったのだ。

でもそれから一週間ぐらいで、満開だった桜はすぐに散り始めた。風が吹いて、京都は桜吹雪に包まれる。わたしは何となく、二年間歩いた疏水道のことを思い出した。そして最後にもう一度、あそこの桜の花の雨を見たいという衝動にかられた。

桜の木の下へいくと、遠くの方にあの見慣れた小さな影も現れた。

でも今回は、土田さんはジルバを踊っていた。夕日の下で、桜の花の雨の中で、やっぱり真剣に。土田ハイツの前でターンをして、ちょうどわたしの姿が見えたのだろう。怪訝《けげん》な顔をしていたけれど、すぐに顔がほころんだ。「宋さん、まだおったん？」わたしはうなずいた。土田さんはとっさに名刺をくれた。「アメリカ着いたら、手紙でも送ってや」そう言うと、振り返りもせず鴨川の方へ歩いていく。そして、桜の花の雨の中に消えていった。

祇園、ひとりカラオケ

祇園《ぎおん》にあるカラオケボックス「シャンテ」で、半年ほど黒のエプロン姿でアルバイトをしていた。

京都暮らしも二年目。暇を持て余していた、ある暑い日の午後のこと。突然、友人の明《あ》生子《きこ》から電話があった。父親の経営するカラオケボックスでアルバイトをしてくれないかという。

「若い子でバイトしてくれはる人がおらへんねん。欣穎《シンイン》ならお父さんの手伝いできるやろ。看板娘が必要やし」明生子はフランスに嫁いだのだが、ずっと京都の実家のことを気にかけていた。

カラオケボックス「シャンテ」は祇園の片隅、鴨川沿いにある。南座《みなみざ》のすぐ近くだ。昼夜問わず、お店からは鴨川の両岸にある美しい町並みを望むことができる、風情あふれるお店だ。

「シャンテ」はフランス語で「歌う」という意味だ。フランス語に詳しい明生子が名づけた。明生子は歌うことが好きで、フランスも大好きだ。シャンテが開店して数年後、フランスへ留学し、同じくらい歌が大好きなフランス人のミシェルと出会い、すぐに恋に落ちた。

明生子に言わせると、シャンテはお父さんが経営するお店というだけではなくて、人生におけるよい出会いのキーワードなのだそうだ。


祇園は古くからある日本の花街《はなまち》だ。通行人やら観光客やらがひっきりなしにいきかう。様々な国から来た観光客、南座へ歌舞伎を観にきた和服姿のご婦人、歓楽を求めてやって来たサラリーマンや社長さんたち……午後から夜にかけて、大勢の人がここを通り過ぎていく。でも、わたしたちのシャンテにはほとんどお客さんが来ないのだった。

店内の窓には手書きのうたい文句が貼られている。「ビール一杯三百円」、「日中は一時間たったの二百五十円」……いろんなサイズの色紙が貼られているが、時間という名の川に流されてしまったかのように、それらはみなすっかり色あせていた。

明生子のお父さんで、オーナーの松本さんの話では、バブルの頃のシャンテはものすごく流行《はや》って、長蛇の列ができたほどだったそうだ。でも今では、松本さんはカウンターの向こうに座って、推理小説を一日一冊は読破している。お客さんは数えるほどに減ってしまった。でもわたしがアルバイトに来るようになってから、松本さんの暇つぶしの手段が変わった。お客さんのいない時間が、わたしとのおしゃべりタイムになったのだ。台湾好きの松本さんは、若い頃に訪れた台湾での数々のエピソードを話してくれた。それから、生まれてこのかたの京都にまつわる裏話もしてくれた。わたしたちはいつも楽しくおしゃべりしていたので、松本さんの膝の上で本がめくられるペースは衰えていった。

今でもよく覚えているのは、アルバイトの手続きに行った日のことだ。スタッフに女の子でも入れば、シャンテの雰囲気もがらりと変わるだろう、と松本さんは言った。でも、何日経っても、おしゃべりのおかげで、わたしの日本語が飛躍的に上達しただけで、シャンテには、やっぱり数えるほどしかお客さんは来なかった。

京都の人たちもカラオケは大好きだ。ただ、ほとんどの人が河原町《かわらまち》のきらびやかでおしゃれな大型チェーン店へ行ってしまう。シャンテの外観や立地は、日本の若者には古すぎるらしい。でも当時のわたしのような若い外国人の目には、この古い花街にある古ぼけたカラオケボックスこそ魅力的なお店に映った。

その理由は、シャンテに来るお客さんだったのかもしれない。お客さんたちは、現代の古都の花街の縮図《しゅくず》さながらだった。きれいな和服にふろしき包みをさげてやって来た舞妓さんたちが、年配の男性数名と何時間か演歌を歌っていたかと思えば、数日後にはすっぴんのおだんごヘア姿でやってきて、普通の女の子のように浜崎あゆみの真似をしていた。それからある料亭の従業員は、仕事帰りで明らかに酔っぱらったまま、ひとりでふらふらと入ってきて、個室のテレビをつけた。ほどなくしてリモコンを握ったままソファーに倒れ込んで二時間ほど爆睡。シャンテで歌ったのは一曲だけ。それは、目が覚めてからお店を出るまでに歌っていた「上を向いて歩こう」だった。

花街で働く人たちは、花街の外から来る人たちを楽しませて、リラックスさせて、ストレスを発散させている。でも自分たちのストレスはこのぱっとしない、古いカラオケボックスで発散するのだ。きっとお店の装飾がおしゃれかなんて、どうでも良いことなのだろう。

わたしがお客さんたちの中で一番気になっていたのは、毎週日曜日の午後に必ずやってくるおじいさんだった。身なりにかなり気をつかっていて、上質なニットを着て、全身にコロンを振りまいていた。ひと目ですぐに、花街の住人でも、ここで仕事をしている人でもないと分かる。松本さんによると、七十を過ぎたこのおじいさんは長年の常連さんで、いつも日曜の午後にひとりで現れては、いつも同じ食べ物と飲み物をオーダーし、いつも同じ歌を何度も繰り返し歌い、個室でランチと夕食をとるのだそうだ。オーダーを受けたものを部屋に持っていくとき、わたしはおじいさんがマイクを握って踊っている姿を見かけた。でも、ただじっとカラオケの映像を見ながら黙っていることもあったし、ひどいときは、おしぼりを手渡そうとしているのにまったく気付かないこともあった。おじいさんが一番よく流していたのは美空ひばりの「川の流れのように」の本人音声あり映像だった。

わたしはしばしば、松本さんとこっそりこのおじいさんの話をしていた。「おじいさんはどうしていつもひとりで来て歌ってるんですかね。ひとり暮らしなんでしょうか。お友達は？」気になることは山ほどあった。けれど、長年の常連客だというのに、松本さんはおじいさんにこの手の質問をしたことはなかった。京都人の暗黙の了解だという。

ある日曜の夜、おじいさんが会計を済ませたあと、わたしはおじいさんが利用した個室に行って片付けをしていた。枝豆の殻と空のビール瓶の山の中から、なんと京都競馬場の馬券数枚と三百円、それから香水とお酒の匂いが染みついたハンカチを発見した。

「朝はまず競馬やろ、そっから祇園に移動してカラオケっていうコースなんとちゃうか」

松本さんはそう言うと、お金とハンカチを受け取った。そして「日曜午後、おひとりでいらっしゃるおじいさん」とメモをつけて、レジの引き出しに丁寧にしまった。

翌週の日曜、夕方になってもおじいさんは一向《いっこう》に姿を見せなかった。この日の売上は最低記録を更新していた。なんと売上ゼロだったのだ。でもわたしも松本さんもこの惨憺《さんたん》たる業績について話題にすることはなく、あのおじいさんは無事かなあ、ひょっとしてひとり暮らしなんじゃないかな、新聞でよく見かける「独居老人、自宅で倒れる」なんていう見出しの当事者になっていやしないかしら……などと言って心配していた。

そんなわけで、おじいさんが忘れていったお金とハンカチは引き出しの中に残されたまま、数週間がすぎていった。毎週日曜の午後は、入口に人影が見えただけで、わたしたちは示し合わせたわけでもないのに同時に顔を上げ、ひょっとしてあのおじいさんが来たのではと期待した。でも、影の主はたいてい南座での歌舞伎鑑賞帰りの方々か、芸妓さん。遠くからやってくる人影のうち、お店に入ってくる人は確かにわずかだけれど、とにかくそれは、わたしたちが待っていたその人ではなかった。

あれは初春にもなろう、寒い日曜の午後のことだった。桜のつぼみが膨らみはじめ、春がまた古都にやってきたことを告げる。この日、おじいさんがようやく姿を見せた。わたしには、たくさん聞きたいことがあった。「お元気でしたか？　この一、二か月どちらにいらしたのですか。ご病気はされていませんか」など。でも松本さんはにっこりとほほ笑んでこう言っただけだった。「お久しぶりです！　いらっしゃいませ！」だからわたしも、合わせてにこっと笑うしかなかった。明らかに憔悴《しょうすい》しきった様子のおじいさんは、わたしたちの含みのある挨拶にほほ笑んではくれたものの、言葉を発することはなかった。そしていつものように、エレベータでいつもの部屋へ向かった。

数日後、日中の気温が突然上がり、京都の桜も一夜にして満開となった。春が来た。これといって生活に何か変化があったわけではない。でも、何か大きな岐路に立っているような気がした。

満開の桜、麗《うら》らかな春の景色。わたしは桜を観賞しながら、うきうき気分でシャンテに入っていく。制服とエプロンに着替えて、タイムカードを押して振り向くと、松本さんの沈んだ顔が目に入った。松本さんは従業員たちに、シャンテをたたむことにしたと言った。

「最近なあ、死が近づいてるような気がしてんねん」松本さんは春らんまんの中で、六十歳を越えた自分はもう若くないと実感した。そして、あとどのくらい生きられるだろうかと思ったらしい。狭くるしいカウンターに押し込められて、毎日お客さんを待つ生活はもうしたくない。気の向くままに花を愛《め》で、スポーツをして、遊んで、フランスにいる娘に会いに行きたいのだと言った。

こんなお別れ宣言を受けて、喜ぶべきか、悲しむべきか。

シャンテ閉店前の最後の日曜日、わたしともうひとりの学生がシフトに入っていた。松本さんは前々から休みをとっている。「いつも日曜の午後にひとりで来る」おじいさんは、いつもの通り外が暗くなるまで歌い、それからカウンターでお会計をして帰ろうとした。言われていた通りに、わたしはおじいさんに告げた。「シャンテは、日曜は今日で最後なんです。来週の日曜はもう営業していません。長年、いろいろと大変お世話になりました。どうもありがとうございました」おじいさんはちょっと驚いたようだったが、ほどなくして淡々と言った。「そうかあ。そしたら、どこも行くとこあらへんなるなあ……」それからにっこりと笑って、ゆっくりと店を出て行った。

平凡で何の変哲もない麗らかな春の日。いつも通りお客さんのいない平日、花街の中に紛れていた、わたしが大好きだったカラオケボックス「シャンテ」はこうして閉店した。歌声はもうどこからも聞こえてこない。穏やかな鴨川の流れのような、時間という名の川の中にひっそりと消えていった。

金子さんと電気のない部屋

金子さんと会うのはいつも、雨の降る夜だった。約束していた日になると、京都の空は必ず雨を降らせたと言うべきかもしれない。それもしたたり落ちて、びしょ濡れになるほどの雨が降った。

金子妙《たえ》さんは、京都を離れる半年前に知り合った友人だ。厳密に言うと、わたしの生徒だった。いろんな人を介して、丸太町《まるたまち》の派遣会社がわたしを探し出し、金子さんに中国語を教えてくれないかと依頼してきたのだ。これまで中国語を習ったことがなかった金子さんだったが、台湾人に習いたいと最初に指定してきた。できればついでに台湾語も習いたいという。そのころ、その派遣会社に登録している中国語教師の中には台湾人がいなかったので、会社はいろいろと手を尽くして、ようやくわたしを見つけたのだった。

わたしは、毎週派遣会社のオフィスを訪れ、金子さんに二時間ほど中国語を教えることになった。

小顔の金子さんはいつもそっけなく笑う。なんとなくクールな感じを漂わせていた。不思議なことに、日中は晴れていても、夜の授業が終わって外に出ると、決まって雨が降っていた。でも、雪女が登場するときは白い雪が舞っているように、雨の雰囲気はクールな金子さんによく似合っていた。わたしはいつもそんなふうに思っていた。

会う日は必ず雨が降っているから、授業の後すぐに自転車に乗って解散というわけにいかない。だからわたしたちは傘をさして、自転車を押しながら肩を並べて歩くしかなかった。授業は終わっているから、テキストはない。共通の話題もこれといってない。ただ静かに、丸太町通を東側まで行って、もう少し歩く。すぐに二条通に着いて、ひとりは左へ、ひとりは右へと帰っていく。

一、二か月ほど経ったある日、わたしたちはまた同じように静かに雨の中を帰っていた。金子さんが顔をあげて、笑いながら突然こう言った。「宋さんってさ、『雨女』じゃない？」「いえいえ、わたしは金子さんのほうこそ雨女だと思っていました」わたしは真面目に答えた。「ええ、わたしは晴れ女だよ」金子さんはもっと真面目に答えた。

最終的に達した結論はこうだ。わたしたちが会うと雨が降る。わたしたちが会わなければ晴れる。この日は、お互いにどっちが雨女か予想し合っていたので、いつもの別れ道よりも先まで歩いていた。それで、なんとお互いの家の間に一棟の大きなマンションがあるだけで、五十メートルほどしか離れていないご近所さんだということが判明した。いつもお互いに違う方向に帰っていたから、こんな偶然にずっと気がつかずにいたのだ。

のちの数週間で、わたしたちは同じスーパー、同じドラッグストアで買い物をし、同じラーメン屋さんで食事をしていることがつぎつぎと判明した。もともとご近所さんだったのだから、実はそう驚くことではない。でも、それからもわたしたちは、近所でばったりということすらなかった。雨の降る日に、自宅から一キロほど離れた教室で週にいちど会うだけ。

あるとき、とうとう金子さんに聞いてしまった。「どうして、絶対に台湾人から中国語を習おうと思ったんですか」ずっと不思議に思っていたことだった。

この頃、『流星花園〜花より男子〜』（日本の少女マンガを原作とする台湾ドラマ）が日本のテレビ局で放送されていたので、主人公のＦ４にはまった日本人女性がたくさんいた。特に道明寺司《どうみょうじつかさ》役を演じたジェリー・イェンが日本人女性には人気で、大半が心を奪われていた。アイドルの世界に近づくために、台湾人から中国語を習う人たちもいた。

でも、金子さんの動機は絶対に違うぞと思っていた。見た感じ、追っかけをするタイプではない。好きな人が台湾にいて、その彼を追いかけるというわけでもなさそうだ。

「どうしてかって?」金子さんはゆっくりとわたしの質問を繰り返した。少しだけ間ができた。自分に問いかけているようでもあった。金子さんは普段から口数が少ない。この間はわたしを不安にさせた。聞いてはいけないことを聞いてしまったかな。

「わたし、全部捨てちゃいたいの。ひとりで海外に行って静かに暮らしたいんだ。それから、ある日突然、台湾っていいなって思ったの。生活しやすそうだなあって」金子さんの顔には例のそっけない笑顔があった。まなざしは、雨のしたたる街道の遠くに向けられている。台湾は確かにいいところだ。でも、生活しやすいかなあ。「わたしは京都に来てから、静かな生活というものはこういうものかって思ったもんです」そう心の中で答えていた。

「台湾へ行ったことはありますか?」「ううん、テレビで見ただけ。でも何となく縁があるように感じたの。それで、いつか台湾に行こうって決めたんだ」金子さんは決意の翌日、さっそく派遣会社に電話をして、台湾人の中国語教師を探したのだった。

「ずっと同じ環境にいると、きれいな風景も目に入らなくなる。そうなると人は麻痺《まひ》しちゃう」金子さんが言った。

「確かにそうですね。わたしは台北から出てきて、他の土地に来てやっとその意味が分かりました」わたしも同じように思っていた。でも金子さんはまだ日本から一歩も外に出たことがないのに、それをとっくに理解していた。

金子さんは台湾で生活する決心こそしていたけれど、いつその願いが叶うのかははっきりしていなかった。そもそも、金子さんは台湾のことをよく知らない。まずは台湾で仕事を探すのが先だった。

とはいえ、夢を実現させるのに一年、あるいは十年かかるのかもしれないけれど、金子さんはもう目標を定めていた。そして、そこにたどり着けるよう突き進んでいた。金子さんは、たった二か月で一冊目の教材のすべての単語を覚えてしまった。

春。台北で急な用事ができ、レッスンをどうしても一週間休まなければならなくなった。しかも京都に戻った時点で、わたしは桜が散る頃に京都を離れることが決まっていた。でもそれを言い出せなかった。

再会した日は案の定、雨が降っていた。宋さんが台北に帰っていた週は、京都は雨じゃなかったよ。金子さんがそう言って、お互いに笑い合った。それから金子さんは、バッグの中からICレコーダーと、ネットからのプリントアウトを取り出した。よく見ると、漢詩が二首印刷されている。金子さんは、李白《りはく》の「将進酒《しょうしんしゅ》」と蘇《そ》東坡《とうば》の「水調歌頭《すいちょうかとう》」を朗読してほしいと言った。それを録音して、家で聞きたいという。

「金子さんは、唐詩とか宋詞を暗記したいんですか？」驚いて、思わずたずねた。

「わたしの中国語のレベルじゃ無理、無理。なんとなく優美な感じがするの。なんだか、音楽を聴いているようで……」金子さんは寝る前に聴きたいと思ったそうだ。

わたしはその詩を読んだ。金子さんがじっとわたしを見つめて、酔いしれるようにほほ笑んだ。

「人有悲歡離合、月有陰晴圓缺、此事古難全（人の出会いや別れには悲しみや喜びがつきものだ。月には影も光もあるし、満月のときも欠けているときもある。古くから、これらを完全なものとしておくことは難しいのだ）（蘇東坡の「水調歌頭」の一節。中秋の名月を詠んでいる）……」この句まで読み終えたところで、自分にもまもなく別れがやってくることを思い出して、感傷的になってしまった。

このとき、人と人との間には、言葉がなくても通じ合える瞬間があると強く思った。しかも金子さんは、わたしがもうすぐ彼女から、そして彼女の夢から遠く離れたところに行ってしまうことを察しているのではないかとも思った。

ある晩のこと。この日、数週間後には京都を離れてアメリカへいく、だからこれからは他の人から中国語を習ってほしいと金子さんに言うつもりでいた。でも、傘をさして二条通まで歩き、挨拶をして、それぞれの方向に帰るときになっても、やっぱり言い出せなかった。

面と向かって伝えるのがためらわれた。やっとのことで出会えた友人に、別れを口にすることができなかった。愛するこの街に、さよならなんて言えなかった。

結局、数日後に金子さんにショートメールを送った。桜の花が散ったら、日本を離れます。「ごめんなさい。もう中国語を教えられないんです」本当に申し訳ないと思った。

返信はなかった。

次の授業まで、わたしの心中はずっと穏やかではなかった。この日は珍しく雨が降らなかった。

派遣会社が準備した教室にいた金子さんは、相変わらずほほ笑んでいた。ホッとした。

授業が終わると、金子さんはいつも通り、わたしに封筒をくれた。これまでと同じようにレッスン代と、ただこの日はそこにカードが一枚入っていた。カードにはこんなメッセージが書かれていた。「アメリカでは、もっと良いことがありますように。出発前にご飯でもごちそうさせてください！」

金子さんとわたしの最初で最後の約束だった。そのとき、金子さんがなぜ京都へ来たのか、それから彼女の人生観を知ることになった。

金子さんは川端二条《かわばたにじょう》のバーに連れていってくれた。これまで、日中そこを何度も通りかかっていたが、一度も入ろうと思ったことがなかったお店だった。

店内はとても暗く、メニューすらよく見えなかった。でもわたしたちがお店に入ると、マスターはすぐに金子さんに気づいた。「久しぶり、しばらく見いひんかったね」

金子さんは記憶をたよりに、いくつか食べ物をオーダーした。しかもお酒のメニューまで覚えていて、わたしに何がいいかと聞いてきた。「前はよく来てたんだ。毎日飲み明かしてたの」わたしにはカクテルを頼んでくれた。でも、金子さんはお茶を一杯だけ頼んだ。カウンターにいたマスターはびっくりしていた。「金子さん、今日はほんまに飲まへんの？」

金子さんは首を振った。「昔は飲みすぎでしたよね」

ある時期、金子さんは毎日のようにこのお店に入りびたっていて、店を出るころには歩けなくなるほど、大量にお酒を飲んでいた。良いときは千鳥足でもマンションまで戻れたが、飲みすぎたときは鴨川沿いの川端通で倒れていたこともあった。それを警察が見つけて、大家さんのところに連絡がいき、自宅まで連れて帰ってもらったのだそうだ。

「どうしてそんなに飲んだんですか」物静かな金子さんが、酔っぱらって路上で寝ている姿なんて想像もつかなかった。「どうしてかって?」金子さんは少し考えて言った。「うーん、ただ飲みたかったんだろうね。たぶん、することがなかったんじゃないかな。ふふっ」愛知生まれの金子さんは、大好きな劇団に入るために京都にきた。ただ、何度かは舞台に上がったものの、自分は他の役者のように強い自己顕示欲がないと気付いたのだった。「舞台に立つ人はね、だいたい頭のてっぺんから『わたしを見て! わたしを見てくださいい!』っていうオーラが出てるの。でも……わたしにはそういう欲がなかったんだよね。考え方も他の人と違ったし」それで劇団を離れ、友達もいない、孤独な鳥となって京都に居ついたのだった。「たぶん、何もすることがなかったからだろうね。だから飲んだくれてたの」金子さんが氷を一つ口に含む。優しい笑顔があふれる。「でもある日、家で寝てて目が覚めて、急に思ったんだ。このままじゃだめだって……」それでお酒をきっぱりと絶って、食品会社のカスタマーセンターの仕事を見つけた。そして毎日、京都から大阪まで電車で通勤している。電話の前で待機して、消費者からのいろいろなクレームを受ける仕事だ。シフト制なので、金子さんは自分の時間を自由に作れた。そして、仕事以外の、読書や映画鑑賞、音楽を聴いたり中国語の練習をしたり、これらをすべてひとりでやっていた。金子さんはそういう生活を気に入っていた。「すっきりするよ」

その晩、わたしたちはいろんな話をした。わたしは酔っぱらってしまった。バーで食べたステーキとポテトはめちゃくちゃおいしかった。それなのに、金子さんは台湾料理を食べたいと言っていたことしか覚えていない。それから、金子さんはわたしに詩集をくれて、その場で読んで聞かせてくれた。

わたしが日本を発《た》つ前に、金子さんのお家に行って記念写真を撮る約束もした。京都でできた友人たちの写真を撮ることで、わたしがかつてここで生活していたという記録を残しておきたかったのだ。

金子さんの部屋も、バーと同じく真っ暗だった。

昼間なのに、手を伸ばしても指が見えない。採光《さいこう》がよくないうえに、金子さんは窓をぴっちりと閉めていた。Ｂｌｕｒのライヴ DVDが唯一の光源だった。

電気をつけてもいいですか、と尋ねた。光が無いと、そもそも写真が撮れない。

「この部屋には電気がないの」金子さんは、ふふっと笑った。「わたし、たぶん暗いところが好きなんだろうね。暗闇に溶け込む感じがすごく落ち着くんだ」ケースをひっくり返して、金子さんは黄色の電球を取り出した。それからしばらく使っていない電灯にセットして、電気コードを壁にくっつけた。ほの明るいソファーの上に座ってもらい、ポストカードがたくさん貼ってある壁をバックに、わたしは金子さんの写真を撮った。

ポストカードは全部、金子さんのお母さんが送ってきたものだった。お母さんはあちこち海外を旅していて、旅先から京都にいる娘宛てに、定期的に旅の報告をしてくるのだそうだ。金子さんはこのポストカードを見て、お母さんが元気にしていること、だいたいどのあたりにいるのかを把握できる。

孤独に生きることで、心の中の自由を保つことができる人もいる。暗闇、そして孤独がつくる空間は、ひょっとしたら金子さんに自由と安らぎを与えているのかもしれない。

わたしが京都を去ってから、別の台湾出身の留学生が金子さんに中国語を教えることになった。風の便りに聞いた話では、仕事が忙しくなり、中国語の勉強も中断してしまったそうだ。わたしも、金子さんと連絡することがなくなってしまった。

アメリカでの新しい生活には、京都でのことを思い出して懐かしむような余裕がなかった。

数年がたち、突然、金子さんから流暢《りゅうちょう》な中国語で書かれた手紙が届いた。なんと金子さんは夢をかなえて、台湾で新しい生活を送っていた。

金子さんの夢は、本当にかなったのだ。

一時帰国の機会があったので、わたしはすぐに金子さんにメールを送って、台北で会う約束をした。

再会の日、なんと台北でも小雨が降っていた。

師大路《シーダールー》のかき氷屋さんで待ち合わせをした。そのお店はライトがぴかぴかと光っていた。見た感じ少し歳をとった金子さんだったが、優しい笑顔はあの頃と変わっていなかった。

金子さんはある日、インターネットで日本語学校の教員募集の広告を見つけて、すぐに履歴書を送ったのだそうだ。それからすぐに京都の部屋を片付けて、台湾にやってきた。

「台湾の生活はいかがですか。想像通りでしたか」好奇心からこんな質問をした。

「うん、すっごく良いところだね。台湾はすごくわたしに合ってると思う」金子さんは、日本ではコンビニ弁当を一切食べない人だった。必ずお腹を壊してしまうからだ。けれど台湾のコンビニ弁当は、彼女の胃に合っていたらしい。そしてもっと重要なポイントは、「すべてがさっぱりしている」ということだった。

「さっぱり?」わたしは自分の日本語力が落ちて、聞き間違えたのかと思った。世界中のどこに、台北のことを「さっぱり」などと形容する人物がいただろうか。京都に比べたら、しつこくてじめじめとしていて、雑多なこの街に「さっぱり」なんて言葉が似合うはずがない。

「すっごくさっぱりしてるよ。道で知り合いに会わないだろうかとか、挨拶しなきゃだめかなとか考えなくていいじゃない。自分のやりたいように生活できるから。自由でいいね」金子さんは日本の人間関係、生活習慣、そして馴染んだすべてを捨てて台北に来て、ストレスなく暮らしたいと思った。「しかも台北はひとり暮らしにピッタリだよ」にっこりと笑った。

わたしも思わず笑っていた。やっぱりひとりの生活が合っている人もいるのだ。

アメリカから台北に完全帰国してから、ときどき金子さんを思い出してメールをする。

何日も経ってからというほどでもないが、少ししてから短い返事がくる。便りがないのは元気な証拠、ということだろう。

もっとも、あまりたくさん連絡しすぎて、束縛してはいけないことは重々《じゅうじゅう》承知している。金子さんが台湾にやってきた理由はまさにそこなのだから。

唯一気がかりなのは、「金子さんは台北でも、部屋に電気をつけていないのか」ということだ。でも台北はどこでも、あちこちから光が入ってくる。電気がついていなくても、部屋の中は明るいのではないだろうか。

このことは、ずっと金子さんに聞けずにいる。

時間の止まったカフェ

京都には戦後まもなくできた「喫茶店」と呼ばれる古いカフェがいくつもあった。その面持《おもも》ちは六十年来変わっておらず、雑誌では観光スポットとしてたびたび紹介される。お店に来るのは、たまにコーヒーを飲みにくる、地元の年配の方々だけではない。むしろ、ほとんどが写真撮影目的の観光客だ。

京都に住み始めた頃は、こういう古めかしい喫茶店に魅力を感じていたものの、少し経ってからはそれほど興味もなくなった。わざと時計の針を取って、古式ゆかしい情緒を見せているようで、なんとなく不自然な感じがしてきたのだ。

わたしは見せかけではない本格的な歴史のあるカフェ、本当の京都の古きよき時代の姿を探していたので、いつも「老舗《しにせ》」を偏愛していた。しかも老舗のカフェとはいっても、昔からの友人のように、心を開ける誠実なお店でないとだめなのだ。

そういうお店を求めていたので、わたしは同じ研究室にいたマレーシア出身の同級生の小暉《シャオフイ》と、宝探しにでも行くかのように、誰も聞いたことのない古い喫茶店を求めて、夜な夜な木屋町四条《きやまちしじょう》へと足を運んだ。

「あのお店は『千と千尋の神隠し』の湯婆婆がやってる湯屋《ゆや》みたいに怪しげだよ……しかも夜しか営業してない」

小暉はアニメを研究テーマにしていた。だから何か物事をたとえるとき、いつもビジュアルをイメージしやすい表現をする。彼女が説明すると、わたしの頭の中にはあっという間にそのおどろおどろしい映像が浮かんでくる。「それが本当だったら、めちゃくちゃ怖いよ?」わたしはホラー映画ファンではないけれど、興奮でいてもたってもいられなくなって、小暉に頼んで「湯婆婆」がやっているカフェに連れていってもらうことにした。

木屋町に入ると、「人妻」「痴漢」などと書かれたいかがわしい看板の数々に出迎えられる。風俗店の呼び込みのお兄さんをかわして、さらに怪しげな路地を入っていく。両側にはマイクをつけた金髪のお兄さんたちが客引きをしながら、場違いな留学生を見て値踏みしていた。

「ここだ!」居心地の悪い周囲の目から逃れるようにして、ようやく控えめでクラシックな木製のドアが路地に見えた。輝くネオンの光に照らされて、ガラスに「喫茶クンパルシータ」と書かれているのが見える。向かいの店の金髪の男性が鋭い視線を向けるなか、わたしたちは急いで木のドアを開けて中へ入っていった。

カウンターで迎えてくれた腰が直角に曲がったおばあさんは、だいぶ驚いていたようだった。ひょっとしたら、客があまり来ないのかもしれない。数秒わたしたちと顔を見合わせて、やっとその口から絞り出されるように、震えた声が聞こえてきた。「いらっしゃいませ」この瞬間、このお店は、時がたつのを忘れているのだと心から思った。

周囲を見まわすと、お客さんは半分も入っていなかった。黄昏色《たそがれいろ》の照明の中で、情熱みなぎるタンゴが流れている。座席も情熱的な赤のベルベットだ。バロック式のインテリアと装飾は年季の入り具合を表していて、空気さえ古めかしく感じる。でもどれも素晴らしくてすてきだ。

おばあさんが、お盆とメニューを持ってきた。やっとこさ、わたしたちの前まで歩いてきてその場に立つ。それから急に背をぴしっとまっすぐにして、水の入ったグラスをわたしたちの目の前にそっと差し出す。本当にアニメのイメージそのまんま！　あっけに取られてしまった。それからおばあさんはメニューを詳しく説明してくれた。だが声が少しくぐもっていたこともあり、わたしたち外国人には、ほぼ言っていることが分からなかった。それで、自力でメニューを解読したところ、さらに驚いた。なんとコーヒーが一杯三百円なのだ！　日本では見たこともない値段。いったいいつからこの値段のままなんだろう。

コーヒーを頼むと、おばあさんはすぐにカウンターの奥へ消えていった。

それから一時間ほど経っただろうか。ひとり分のコーヒーがようやくテーブルに運ばれて来た。そしておばあさんはまた姿を消した。さらに三十分ぐらい経って、わたしたちはさすがに耐えられなくなった。店内を見回すと、すみっこのトイレのドアが開いている。なんとそこでおばあさんが掃除をしているではないか。わたしたちの視線を感じたのかもしれない。顔を上げてこう聞いてきた。「さっき何頼まはったっけ？」それからさらに一時間半ほど経って、おばあさんはお冷やを持ってくると、急にわたしたちのそばに座った。

その距離は近すぎた。だからいくら暗めの照明だと言っても、おばあさんの様子をありありと見ることができた。お歳はだいぶいっていて、顔はしわくちゃだった。でもしっかりとファンデーションを塗っていた。それから真っ赤な口紅、頬にはピンク色のチークも塗っている。セーターからはきれいな袖がのぞいていて、とてもかわいらしい。

おばあさんはとうとうと昔話をし始めた。ずいぶんと昔の話だ。母親と戦後すぐにこの店を二人で開いた。店は幸いにも戦禍《せんか》を免れたが（あれ？　戦後に開いたんじゃなかったっけ）、タンゴが好きで、この店でみんなに美しいタンゴの曲を聴いてもらいたいと思って開いたらしい……話題はあちこち脱線する。さっき話していたことと、後から話したことの接点がまるでない。でもおばあさんの目はずっと少女のようにきらきらと光っていた。小さな身体がときどき、音楽に合わせて揺れている。「タンゴは一番セクシーな音楽。ダンサーの指先まで震えとる」

店名の由来を尋ねると、にっこりとほほ笑んで答えた。「ああ、『ラ・クンパルシータ』っていうのはタンゴの代名詞やねん」曲がった背を起こして、おばあさんはレコードの前へ向かう。そしてタンゴのことを何も知らないわたしたちの前に、店名の由来となったレコードを持ってきてくれて、かけてくれた。音楽が流れてきたとき、やっと分かった。「ああ、あの曲か」おばあさんは音楽に乗って身体をくねらせて、それからまたどこかへ消えてしまった。

わたしたちがお店を出るまでに、もう一杯頼んでいたはずのコーヒーは出てこなかった。時間はとっくに止まっていたのだから、一杯のコーヒーが出てくるまで二時間半かかるのは、長すぎるとはいえないのかもしれない。

それからも、時おりわたしは友達を連れてクンパルシータへ行った。日本人でも店内のレトロな雰囲気は面白いと思うらしい。あのおばあさんはいったい何者なのか。なぜこの界隈《かいわい》でこんなお店をやっているのか。どうやってこのお店を経営しているのか。みんな気になっていた。

ときどき冗談でこんな話をすることもあった。ひょっとして、彼女は武道の達人なのではないか、と。こんなところにひとりで喫茶店を開き、しかも夜だけなんて。「いきなり背をぴしっと伸ばしてお客様に挨拶するんだから、ひょっとしていきなり来たチンピラには、背負い投げでもして対抗するんじゃない？」

眠れない夜、わたしはひとりでクンパルシータへ行った。おばあさんと話しているか、おばあさんの暴走にまかせるか、ひとりで静かに座っているかだった。情熱的なタンゴの曲に、気持ちも昂ぶってきて、徹夜しても眠くなかった。

わたしにとって、過去のまま時が止まったこの喫茶店は秘密の洞窟みたいなもので、不思議なタイムマシンのようだった。わたしは夜中に床板をめくり、秘密の道を通って舞踏《ぶとう》会《かい》に行く「踊ってすりきれた靴」（童話《グリム》）の王女たちのように、靴がすりきれるまで踊る。日中ずっと眠くても、どうでもよかった。でも、心のずっと奥深いところでは、ただ時間だけが過ぎてゆくことへの焦りがあった。だからクンパルシータに行って、おばあさんとこの店が頑張っているのを見るだけで、彼らと一緒に世界のすべての美しかった時間を留《とど》めておけるような気になったし、わたしも永遠に歳を取らないような気がしていた。

郁美さんの第二の家

「欣穎醤、妳沒有男朋友嗎（欣穎ちゃんて、彼氏いたはらへんの）？」初対面で、郁美《いくみ》は中国語でストレートに聞いてきた。

京都に来て二週目の週末の午後、美香の紹介で、わたしと郁美は「Sœur（サール）」というブランドショップで会うことになった。

「sœur」というのはフランス語で「姉妹」という意味だ。Sœurのオーナーは郁美のお姉さんで、ファッションデザイナーをしている久仁美さんだ。ここでは彼女がデザインした服を販売しているが、オーダーメイドも手掛けている。お客さんのほとんどが女子学生だ。

郁美のお仕事はスタイリストだ。普段は大阪で働いていて、大阪にマンションを借りて住んでいる。

この日はわたしたちのために、わざわざ郁美が大阪から京都に帰ってきた。わたしがスイーツ好きだと聞いて、わざわざ大阪の有名店のおいしいケーキを買ってきて、小野リサのCDをBGMに流してくれた。あちこちで聞いて回り、「台湾人はみんな小野リサが好き」という情報を得たからだった。郁美は長いこと中国語を勉強しているけれど、身近に中国語を母語とする友達がいなかった。それで、美香が「台湾から来た留学生」を紹介すると言ったとき、ものすごく期待していたらしい。「首をめっちゃ長《なご》うして待ってたんやで」郁美はうれしそうに笑いながら言った。

日本人は、「京女」に対してステレオタイプのイメージを持っている。それは「傲慢で、見た目は優しそうだけど実は陰険で、二面性がある……」という恐ろしいものだ。でも、京都で生まれ育った郁美には、そういうところがまったくない。穏やかではんなりとした京言葉を話すけれど、よく通る笑い声で、性格もあっけらかんとしていて裏表がない。ちょっと話してすぐにげらげらと大笑いする。郁美が何より変わっているのは、自分はスタイリストなのに、いつもお化粧をしておらず、とても飾らない人だということだ。彼女と出会うまで、わたしは日本女性というものは、ごみを捨てに行くときでさえ、お化粧をして出ていくものだと思っていた。

初対面で彼氏がいるか聞くって、ひょっとしてわたしが老けて見えるからかな。思わず大笑いしてしまい、こう答えた。「いいえ。でもそれがどうしたんですか？」

「もし彼氏いたはんのやったら、わざわざ台湾からひとりで留学しに来はらへんやろ？」

郁美はそう言うとまた笑った。でも、この言葉にわたしはちょっと戸惑《とまど》ってしまった。自分が人生のプランを変えてまで恋愛に生きられる人間だなんて、この頃のわたしにはまだ分かっていなかったのだから。

「うちと姉も……美香も……彼氏いーひんねん」わたしが考え込んでいると、郁美がそれを断ち切って、片言の中国語で話した。

「だから、わたしたち女子四人がみんな、土曜のお昼、ここに集まれたんですね」わたしがそう言った途端、みんな笑い転げた。それは桜が色鮮やかに咲く四月の昼下がりのことだった。

それから、郁美はわたしの京都生活の中での大切な友達になった。わたしひとりでは踏み込めなかったであろう京都の世界に、彼女が連れていってくれた。

そろそろ夏になろうという頃、わたしは郁美と「セカンドハウス」という人気のカフェへ行った。

セカンドハウスは京都のコーヒーチェーン店で、パスタとケーキが食べられる。郁美は出町柳《でまちやなぎ》近くのお店でわたしと会うのがお気に入りだった。郁美の高校時代の青春は、まさにここで過ごすことにあったそうだ。「あの頃の第二の家みたいなもんやな」

このセカンドハウスは、市の中心部にある町家を再生した支店とはかなり違った。普通の平屋のカフェで、インテリアはいたってシンプルで、華やかさはない。でも後から思えば、わたしと郁美にとっては十分に思い出の詰まった場所だった。わたしたちはここで何杯もコーヒーを飲み、お互いの秘密の恋愛話やら重大な決意を語り合ったのだ。

初めてここで一緒にコーヒーを飲んだ日のことだ。郁美は好きな人が上海で仕事をするというので、自分もその人と一緒に生活したいと思い、中国語の勉強を始めたのだと言った。ただ、その男性には、そんな気はまったくなかった。

郁美はすみっこのテーブルと椅子を指さした。十代の頃、その場所で告白したけれど、やんわりと断られたらしい。「高校生の頃から、ずっと恋愛では振られてばっかりやし。あはは」郁美が言った。ひょっとしたら郁美はお化粧が嫌いなように、自分の気持ちを着飾るのも好きじゃないのかもしれない。着飾るのが嫌で、たとえ共感が得られなかったとしても、やっぱり自分のやりたいことを貫きたい、自分の考え方や生活スタイルに忠実でありたいのだろう。

上海にいる男性は、郁美を友達のひとりとしか見ていなかった。でも郁美は、中国語の勉強を続けていた。

木製のテーブルと椅子は相当古くて、表面には傷がたくさんついている。かつて、ここではどれだけの人が友達とおしゃべりをして、悩み事を相談していたのだろうか。どれだけの少女たちが、ここで青春の時を刻んでいたのだろうか。

街なかでは、祭ばやしが響き渡っていた。京都の夏は、祇園祭で幕があく。郁美が宵山《よいやま》に誘ってくれた。年に一度の山鉾を見ようというのだ。

祇園祭は人々が神様に無病息災《むびょうそくさい》を祈念するお祭りだ。でも京都の若い男性に言わせれば、祇園祭はデート、そして告白のチャンスなのだそうだ。お目当ての女の子に「祇園祭見にいかへん？」と言うのは、すなわちその女の子に告白したことになるのだ。

「うちらは誰からも告白されへんやろから、欣穎と祇園祭の約束してええやろ。あはは」

まさかの郁美からの祇園祭のお誘いは、男性からの告白よりも忘れられないものとなった。

郁美はまずわたしをSœurに連れていって浴衣を着せてくれた。それは妹の千菜美《ちなみ》のおさがりだった。紫の地に白い花が配《はい》された浴衣に、黄色の帯、黄色の鼻緒の下駄を合わせた。すごくきれいだった。久仁美さんは黄色の花がデザインされたかんざしまで探してきてくれて、わたしのボリュームの少ないお団子ヘアに挿してくれた。

その晩、わたしたちは古い山鉾を目指してあちこち行き来した。足元に下駄の音を聞き、街なかにあふれる色とりどりの美しい浴衣、明かりに照らされてしなやかに揺れる女性たちの影を見ながら、なぜ日本人がこんなに夏のお祭りが好きなのかがようやく分かった。その中に身を置くと、過ぎ去った青春時代がまたよみがえってくるようだったし、シンデレラが舞踏会に憧れるように、お祭りに熱い思いを馳せているからなのだ。

でもこの後、わたしはシンデレラよろしく、裸足《はだし》で家まで帰ることになった。ただ、下駄を置き去りにするわけにはいかないので、しっかりと手にぶらさげてはいたが。下駄は硬い。わたしの足は一夜ともたなかった。それなのに郁美は帰りまでずっと顔色一つ変えないのだから、思わず「わたしはやっぱり外国人ですね」という言葉が出た。それを聞いた郁美は、げらげら笑って言った。「うちも痛い思てるし。冗談やろ」彼女はこの日のために、家で毎日、下駄を履く練習をしていた。料理をするときも下駄を履いて、キッチンを行ったり来たりしていたのだ。

郁美はそういう女性だ。すべてにおいて「準備万端」で、非の打ちどころがない。住んでいる大阪の家も、雑誌に掲載されているような整っていて清潔な部屋で、きらきらしている。だから郁美は初めてわたしの六畳ちょっとの部屋に来たとき、うーんと首をかしげると、すぐに掃除を始めたのだった。掃除機をかけて、ごみを捨て、すべての荷物をきっちりと整えて、布団まできっちりたたんでくれた。「欣穎の大ざっぱな性格やったら、やっとのことで仕事辞めて、日本に留学しに逃げてきたんやろ、ふふふ」この後、よく同じことを言われるようになった。

例の男性は郁美に興味がなかった。でも郁美は中国語の勉強を止めなかった。実のところ、すべてを捨てて上海へ行くべきかという思いがずっと頭の中にあったのだ。初対面の人に会うときに、その人が好きなスイーツを買っておいたり、好きな音楽を準備しておくような、すべてのことに抜かりのない郁美だったけれど、「すべてを捨てて」故郷を離れる準備をすることだけは、ずっとできずにいた。

夏も過ぎて、郁美の仕事は多忙を極《きわ》めた。秋がもう終わろうという頃になって、わたしたちはやっとセカンドハウスで二回目のコーヒーを飲む時間ができた。

その日、窓の外は雪がちらついていた。わたしはいま恋愛中だということ、相手はアメリカに住んでいるということ、冬休みに入ったらアメリカへ行って、この二年間でたった一回きりしか会ったことのない男性に会うと話した。

郁美は煙草をふかしながら眉をしかめた。テーブルの上のコーヒーがすっかり冷めてから、ようやく口を開いた。「そんなんで、ほんまにええのん？」郁美からすれば、これは「大ざっぱ、考えなし」の冒険の決意に見えるのだろう。

セカンドハウスで三杯目のコーヒーを飲んだとき、わたしはアメリカから戻ってきていた。

郁美は相変わらず中国語の勉強を続けていて、京都と大阪を行き来しながら仕事をしていた。

わたしは一年後の春には京都を離れて、アメリカで生活すると郁美に話した。郁美の顔には悲しみ、喜び、それから不安や心配が入り混じった複雑な感情が表れた。でも最後にはやっぱりあの笑顔で「あんたが決めたことやから、うちは応援する。ずっと幸せでいてな」そう言ってくれた。

コーヒーのほかに、郁美はセカンドハウス名物のほうれん草シフォンを注文してくれた。でもわたしはもうその味を覚えてはいない。ただ郁美がこんなようなことを言ったことだけ覚えている。「台湾人の大ざっぱな性格がうらやましいわあ」

クリスマスイブに、郁美はこっそりと上海へ行った。ただの興味本位、自分へのご褒美だと言っていた。

桜の花も散って春が去り、そろそろ夏も来ようという頃に、わたしは郁美とまたセカンドハウスでコーヒーを飲んだ。でもこれが最後になるとは思いもよらなかった。

郁美はクリスマスイブに行った上海で、「欣穎よりも先に京都を出ていかなければ」と急に思ったのだそうだ。もう航空券も手配済みだった。

上海の雑多な生活スタイルは、毎日が挑戦で、エネルギーをもらえたと郁美は言った。出かけるときは必ず、大きなバッグの中に小袋を分けて入れておく郁美だが、上海滞在中は無意識に小銭をポケットの中に入れるようになっていた。一時帰国中のある日、ふいにポケットの中からあるはずのない小銭を見つけた。上海に戻ったら、いくらかたしてタピオカミルクティーが飲めると思った。「ほんまこれにはびっくりしたわ。不思議体験やと思う。まさに今、自分が変化してる感じ」郁美が大笑いをする。「彼のためでもあるし、自分のためでもあるかな。一か所に長いこと住んでたら、闘志いうんを失ってしまう。若い頃の勇敢さとか夢を忘れてしまうねんかぁ」それで、四十歳になる前に、自分のために長年の夢をかなえようと決めたのだった。別れ際に、郁美はわたしにプレゼントをくれた。千菜美がわたしに貸してくれた浴衣を洗って手入れした後、下駄と一緒にくれたのだった。

ある週末のこと、郁美が突然、わたしと美香を大阪のマンションに招いてくれた。クローゼットと収納部屋を開けて、自分の商売道具――うずたかく積まれた服、靴、食器、帽子、ネックレスなどなど――から、好きなものを選んで持っていってと言った。

わたしも美香もいろいろ頂いたものの、それで量が減ったようには見えない。でもあともう少しで郁美は部屋を出なければならないのかと思うと、心配でならなかった。

一年ぶりの祇園祭までのしばらくの間、郁美には会えなかった。おそらく上海行きの準備で忙しくしているのだろう。ある蒸し暑い日の午後、わたしの部屋のベルが急に鳴った。宅配便だ。大きな段ボールが何箱も速達で届いた。

段ボールを開けると、きらびやかな服や靴が目に飛び込んできた。郁美からだった。カードにこんなメッセージが書かれていた。「欣穎、ごめん。処分できなかった服の処分をお願いします。でもこれ全部、モデルのサイズやし、背が低くてぽっちゃりの欣穎は着られへんから、大学のお友達にでもあげてな」

わたしは思わず吹き出した。耳もとで、あのはつらつとした笑い声が聞こえてくるようだった。こんなふうにお別れするなんて。本当に青春を追いかけて、上海に行ってしまうんだ。

わたしは知り合いのあらゆる国籍の女の子たちにメールを送り、翌週から服を選びに来てもらった。小さな六畳ほどの部屋に、興奮した女の子たちがわんさかやってきた。気に入った服や靴を選んで、試着をしたり、試し履きをしたりしていた。この週は、おそらくわたしの人生の中で人との関係がいちばんよくて、これまでに一番、人からハグをされ感謝された週だったと思う。

処分が済んでから、郁美にメールを送った。見ず知らずの女の子たちに喜びと美を与えてくださって感謝します。

わたしはもらった紫色の浴衣を、アメリカに持っていった。郁美もきっぱり京都とお別れをし、上海で仕事をし、冒険をし、新しい恋を探している。上海は郁美の第二の家となった。

Eat, Love, Peace

「果てしないアフリカの草原を見渡すと、子象が死んでいました。ワシが空中を旋回して子象の屍《しかばね》を窺っています。でも、母象は立ったまま子象の近くを動こうとしません。長いながい鼻を上げて悲しく鳴き続けていました。夕陽が沈むまで、草原が山吹色《やまぶき》に染まるまで、母象の影が長くながくなるまで、ずっとそこを離れませんでした……」

名和さんの八十歳になるお母さんが、土鍋の蓋を開ける。お手製のイチジクのシロップ漬けをお皿に取り分けて、アフリカでの見聞録を聞かせてくれた。とっても小柄なお母さんは、記憶に酔いしれながら、ほほ笑んで言った。「親心っていうのは、動物だっておんなじ。子どもへの愛情は、みんな一緒なのよ」お母さんの作るお菓子はいつも美味しい。でもこの可愛らしい笑顔の中には、少し寂しげなところが垣間見える。

もうすぐ六十歳になる名和さんが、自分の子どもをからかうように、母親に皮肉を言う。

「うちのおばあさんはいつもこのシーンになったら泣いちゃうの。今日はみんながいるから、泣いてないけど」お母さんはそれを聞くと口をとがらせて、少女のようにウインクした。

京都にいた頃、わたしを含む三人の台湾人女性が月に一、二回ほど、長岡京市にある名和さんの自宅に招かれてお料理をごちそうになっていた。お母さんも近所から駆けつける。ときにはお手製のお菓子やお惣菜を持ち寄ることもあった。女性だけで飲んで食べて、楽しくにぎやかな午後を過ごしていた。この集まりのときはたいてい、夕方四時頃になると名和さんの自宅の電話が鳴る。名和さんはゆっくりと電話を取り、そしてやれやれと言わんばかりに白目をむいて頭の上にツノを作り、わざとらしく言う。「日本のサムライから電話。妻よ、帰ってこいだって」取った電話は案の定、名和さんのお父さんからで、そろそろ夕飯の時間だから、帰って準備をしなさいというお母さんへの伝言だった。

お母さんはさっと腰を上げて、きれいな京都の風呂敷で鍋を包む。着物の袖を整えて、歩いてたった三分のお宅へと帰っていく。この二年間で、名和さんの自宅には五十回以上足を運んだけれど、ものすごく厳格で亭主関白という伝説の日本のサムライにお会いする機会はなかった。

わたしは京都のとある国際交流団体のマッチングで名和さんと知り合い、彼女のお宅でもてなしを受けたり、お世話になったりしていた。マッチングというより、彼女がわたしたちを気に入ってくれたのだった。曰く、申請資料の写真をじっくりと見て、「三人の良い子たち」を選んだのだそうだ。つまりは昔のお見合いみたいなものだ。

名和さんはもうすぐ六十歳、未婚だ。一重まぶたで高い鼻という顔立ちから厳粛《げんしゅく》な雰囲気が醸《かも》し出されていて、日本のドラマによく出てくる威厳あるおばあさんのようだ。初めて会ったとき、わたしはものすごく緊張していた。というのもマレーシア出身の同級生が錦市場《にしきいちば》の高級魚屋さんのお宅でお世話になったのだが、高級料亭での食事にご招待いただいたうえに、日本のお宅のお母さんからは畳の上で正座を要求され、敬語ができないと細かく直されるという経験をしていたからだ。名和さんが笑わないときのりんとした姿はまさに、几帳面《きちょうめん》な京都の女性という感じだった。

でも、名和さんが食事を作っているのを見てから、すぐに彼女のことが大好きになった。未婚だからか、初めて会ったとき、名和さんはまるで国の政策を宣言するかのような口ぶりでみんなに宣言した。「わたしのこと、名和さんって苗字で呼ばないでね。台湾語で『姐啊《チア》（姉さん）』って呼んで」数百キロも離れた異国で、まさか台湾の言葉を耳にするなんて。思わず嬉しくなった。それからチアはオーディオ機器の電源を入れて、くわえ煙草に火をつけて、情熱的で開放的な南米の音楽に乗りながら、料理を作ってくれた。

日本の家庭の味のほかにも、チアは和洋折衷の創作料理を作るのが得意で、特にアボカド入りの料理がおいしかった。日本風のアボカド天ぷら、メキシコ風のアボカドとエビのサラダ、アメリカ風のアボカド入りカリフォルニアロール……。わたしはチアの家で、それらをラテン音楽に合わせて初めて味わった。ほどよく調和した色々な味わいは、心の奥にある道が開かれ、暖かくて優しいそよ風が吹いている気にさせる。

京都に来る前は、ごはんさえ炊いたことがなかったわたしも、チアに影響を受けて、自分の小さなキッチンで料理の練習を始めた。

わたしは電話をしたときや、集まって食事をしているとき、チアやお母さんからいろんな料理の作り方を学んだ。

「油とお酢と香辛料は割合どおりにしっかり合わせて、大事なのはレモン汁……数滴たらして、ゆっくり混ぜる……この味、あらまあ……」チアは唇をすぼめると、両手を唇の前に持っていき、チュッと音をたてながら投げキッスをして、目の前の料理をほめてくれた。

「お腹を下したって、美味しいものを食べ続けたい」、「心や身体に傷を負っていても、美味しいものを食べるだけで、必ず治る」これは名和家流の人生の格言だ。

チアが自分の名前を苗字で呼ばせないのは、ずっと未婚だからというわけではない。実はほかにもいくつか理由があった。これも頻繁に付き合いを重ねてから、少しずつ名和家の話を聞き出して、やっと分かったことだ。チアの仕事はスペイン語の通訳だ。若かりし頃は黒澤明に随行《ずいこう》してスペイン語圏の国を訪ねて、大監督専属の通訳を務めた。その後、山田洋次とも知り合い、監督について仕事をしていた。その後、歳をとってから、あちこち飛び回るのが嫌になって、琵琶湖そばの大津地方裁判所で法廷通訳人になった。ここでチアが関わっているのは、ほとんどが南米出身の日系人の子弟が日本で起こした事件だ。日本語が通じず尋問に答えられないため、チアは裁判所から依頼を受けて裁判所で公判の手伝いをしていた。

言葉が通じるという親近感から、チアは日本社会に溶け込めなかった彼らから都合のいい存在として扱われてしまうので、チアは自分の姓や名を隠して、ただ「チア」とだけ名乗った。「これは台湾語。我が家は台湾から来た義理の娘や息子をたくさん預かってきたからね」チアはお世話した台湾出身の学生たちにそう呼ばせているけれど、仕事の場合も例外ではなかった。

「チアのスペイン語はどうしてそんなに流暢なんですか？」何度か裁判所についていってお仕事を見せてもらった後、どうしてもこの質問をしたくなった。異国での生活では、言葉はいつまでたってももっとも困難な関門で、自習だけで精通するのは難しいとわたしは思う。「それはね、母語がスペイン語の人とキスしたことがあるからよ。ふっふっふ」河原町の居酒屋で、チアは日本酒を飲んで、顔を真っ赤にしていた。半分しらふで、半分酔っぱらっていたが、話す言葉はいつもよりもさらにストレートだったし、ろれつもはっきりしていた。

チアにはお兄さんが二人いて、二番目のお兄さんは船長をしていた。チアは二十歳そこらで学校を卒業したが、何をしたらいいか分からず、お兄さんの船に乗って世界を回ったのだそうだ。メキシコのカンクンに着いたとき、素晴らしい白砂と、ある男性に魅了されて、チアはそこに留まることにした。まるまる六年間、チアは毎日水着でビーチに寝そべって過ごし、ちっとも勉強しなかった。「ある日、こうやって一日、また一日と過ぎていく生活はまずいなって突然思ったの。ただ食べて、恋愛して、生きてるだけじゃんって」本ぐらい読まないとまずいと思った。それで、チアは一緒に日本に来たがらなかったメキシコ男性を置いて、ひとり帰国した。京都の両親のそばに戻ったのだ。

「それからもう恋愛はしていないのですか？」とっくに昔の話だといっても、長い人生の中で、一生をともに過ごしたい人と出会わないとも限らないでしょう？　チアの答えは、新年の集まりで、チアとお母さんが心を込めて作ったおせち料理を食べるときまで聞くことができなかった。

「あたしって、美味しくてきれいな食べものを作って、みんなに食べてもらうのが好きでしょ？」チアは続けた。四十歳ぐらいのとき、人生最後の大恋愛が終わったのだそうだ。

スウェーデン人医師を追って、チアはすべてを捨ててストックホルムへと飛んだ。彼のために洗濯をし、掃除をし、美味しい料理を作ってあげた。でも彼にとって、それは重荷になった。彼はチアに、外へ出て仕事をして、独立した女性になってほしいと思っていた。

「相手のために料理を作ってあげたり、お世話ができないのは、あたしにとって愛とは言えないの」チアは愛のために常に自分のことを顧《かえり》みない。人の愛し方はかなり古風だった。

こういうところが日本女性の特徴なのかもしれない。チアはもうすぐ六十歳になろうとしているが、いま四十五歳の裁判官からアプローチを受けている。でもチアは断った。

「年齢差ありすぎだし、この歳にもなったら、ひとりの生活もいいもんよ。なんせ、あたしは日本のサムライと『老いた妹』のお世話もしないといけないからね」チアのいう老いた妹とは、チアのお母さんのことだ。

お母さんはいつでもニコニコしている。手芸の腕前はチアと同じぐらい上手で、人生を謳歌するおばあちゃんだ。いつもお父さんと一緒に世界を旅して回っていて、二人は「死ぬ前に財産を全部使い果たしたい」と思っている。だが、お母さんはもともとこんなにさっぱりした人ではなかったそうだ。若い頃はとてもきつくて、チアは絶対に反抗できなかった。生活、それから家事も規則正しくきっちりとしていて、子どもたちにも厳格だった。チアはそんな厳しい母親の訓練のもとで、手芸を身につけたのだった。ところがいくらか歳をとってから、とても穏やかな、娘から毒舌を吐かれてもニコニコしているおばあちゃんに変わったのだった。

「あたしの老いた妹はね、長い時間をかけて、やっと人生を楽しむことを学んだの」ご飯を食べ終えると、チアは煙草に火をつけた。それから手酌《てじゃく》で日本酒を注ぎ、お母さんの昔話をしてくれた。

チアのお兄さんは二人ともご両親とうまが合わず、だいぶ疎遠《そえん》になっている。長男は九州大学の教授で、ほとんど京都に帰ってこない。船長をしていた次男は海がわが家のようなもので、のちのちメキシコ人女性と結婚して、子どもが生まれた。妻子は日本にやってきたが、自分はずっと船乗りを続けた。お母さんは孫ができてとても嬉しかったので、優しいおばあちゃんになった。けれど思いがけず、次男は病死してしまった。妻は故郷が恋しくなって、子どもを連れてメキシコへ帰っていった。長いこと、チアのお母さんはひどく傷ついて、ずっと泣き暮れて生活していた。

孤独になった母親を喜ばせるために、チアは留学生を自宅へ呼んでご飯を食べさせることにした。だから、このお宅へ来る留学生はみんな、チアのお母さんのことを「ママ」と呼ぶ。チアは自然と「おねえさん」と呼ばれるようになった。そしてこの伝統はずっと続いている。

このときわたしはやっと分かった。わたしたちはさしずめ、チアが「ママ」のために探してきた「義理の娘」なのだろう。

「母はもうだいぶ辛い日々を過ごしたから、あたしが母のことを自分の妹ってことにしたの。そしたらわがままに生きていけるでしょ」夫の言いつけには抵抗できないものの、チアのお母さんはチアの提案によって、自分の殻を破る努力をした。食べたいときに好きなものを食べて、遊びたいときに遊ぶ。泣きたいときに泣いて、笑いたいときに笑う。若者たちと一緒にはしゃいで、古くからの友人と新幹線で東京へ行って遊んだ。チアが激しい恋愛を終わらせて日本に戻ってきて、結局頼れるのは両親だけだったので、三人は京都で一緒に人生と料理を楽しんでいる。

京都での最後の一年の新年のことだ。料理を食べ終えた後、みんなで畳に正座して鏡餅の前で写真を撮った。するとチアが立ち上がって、押し入れの引き出しを全部、豪快に開けた。「みんな、気に入ったのがあったら全部持っていってね。特に着物好きの欣穎は、早く選んで」深くて長いたんすの中に、色とりどりの高級着物がぎっしりと入っていた。わたしは目を奪われた。すべてチアのお母さんの着物だった。裕福なお家に生まれたチアのお母さんは、十歳から定期的に着物を誂《あつら》えてもらっていた。高級品はどれも貴重なものばかりで、誰も欲しがらなかった。「気にしないでいいのよ。母もそんなに先は長くないし、これ持ってお墓に入れないからね。好きな人にプレゼントできたら本望よ」チアが冗談ぽく言った。縁起でもない話だけれど、不謹慎だとは思っていないらしい。お母さんもそばでほほ笑んでいた。

最終的に、チアは泥染めの技術で有名な大島紬《つむぎ》を選んでくれた。それはチアのお母さんが十二歳のときの誕生日プレゼントで、値段にはだいぶ驚いた。

数日後、その貴重な着物と、名和母娘のレシピ、それからチアのお母さんが世界を回ったときの物語を持って、わたしはアメリカへと発《た》った。アメリカでは本場のメキシコ料理やアボカド入りカリフォルニアロールを食べた。とっても美味しかったけれど、いつも名和家のあの味を思い出しては懐かしんでいた。

二年が過ぎて、京都から小包が届いた。中には質の良い男物の着物が入っていた。チアからの手紙があった。「数日前から両親がマダガスカル島に旅行していましたが、帰りの飛行機の中で、父が心臓の発作をおこして急逝しました。そのとき、飛行機はちょうど日本の海域に入ったところでした。すごくかっこいいでしょ、まさにサムライだよね。父の形見を欣穎の旦那さんにプレゼントします。欣穎の着物にぴったりだよ。これからも食べること、愛することに頑張ってくださ い。Eat, love and Peace, Chi-a」

プレゼントを受け取った年の夏休み、台湾に戻る前にわたしは京都に立ち寄った。そして一度もお会いすることのなかったお父さんにお線香をあげた。写真のお父さんはすらっと背が高くて、威厳があって、チアにそっくりだった。

お母さんは大きな土鍋を抱えて笑っていたかと思えば、急に作りたての肉じゃががあるから食べてほしいと言った。「日本のサムライの魔の手も消えた。老婆の愉快な人生は、これからが始まりよ」チアが笑いながら言った。いつもの通り、わたしたちはまた食べて、飲んで、おしゃべりをして午後を過ごした。お母さんは、チアと旅行するためにインターネットで色々と予約をしたと言っていた。旅行先は四川、ヨーロッパ、それから太平洋の小さな島々（不勉強なわたしは、どの島の名前も聞いたことがない）だそうだ……お開きになる前に、お母さんは肉じゃがの作り方を教えてくれ、詳しく書いたメモをくれた。

帰宅をせかす人がいなくなってしまった今、わたしたちは初めて夜まで過ごした。

夜のカフェで、ひとり

プロポーズおじさん

「結婚してください」このカフェで、いつもすみっこに座ってぼんやりしているおじさんが突然、わたしに言った。聞き間違いなんじゃないかと確認するために、朝食をとっていたわたしは訝《いぶか》しげに顔をあげて、おじさんと見つめ合った。

朝の七時半の京都、平凡で何事もない早朝だった。世間の大半の人が職場へと向かっている時間に、「ほんまに結婚してくれませんか」と、おじさんが笑いながら言ってきた。

このカフェは「ダイヤモンド」という。早朝から暇人ばかりで埋め尽くされている。お客さんはみな、仕事に行く必要のない年配の方々だ。

ダイヤモンドは平安神宮からいくつか曲がったところにあるカフェだが、ちっとも光っていない。看板は色あせていて、年代もののテーブルと椅子があり、インテリアはかなり古びている。ラックには芸能雑誌やマンガがたくさん置いてあり、このあたりで有名なイノダコーヒで見かけるような、身なりのしっかりとした年配の男女たちとは違って、ここに座っているのは普通の格好のおじさん、おばさんばかりだ。ある人は雑誌や本、新聞を読むのに没頭していて、この姿勢のまま世界の終わりを迎えられるんじゃないかというぐらいだった。またある人はノートに何かをずっと書き続けていて、モーニングコーヒーがアフタヌーンティーになってしまうほどだった。でも一番多いのは、座ってぼーっとしている人だ。それはまるで神様にうっかり時間を与えられすぎて、どう使っていいのか分からず、ただここで時間をつぶしているようだった。

大学が長期休暇に入ると、友人たちが一斉に帰省やら帰国でいなくなった。京都にはたったひとり、わたしだけが残ったようだった。たまに早起きした朝には、わたしはこのカフェに行っていた。目的は二つ。日本語を話すこと、そして朝食をとることだ。休暇中の留学生は、日本語を話すのと、朝食をとる機会が減る。授業に行かなくてよいし、何もすることがないから、同級生や友達に鉢合わせることもないうえに、毎日初めて食べる食事となると、寝起きに朝食兼昼食をひとりでということになってしまう。休暇のときはいつも静かに本を読んでいたり、課題をやったりしていて、日本語を話す機会といえば、ただ発音の練習のために、テレビから流れてくる音に続いて日本のドラマの台詞を繰り返して言うだけだった。

「一般人」になりたくて、わたしはわざと早起きして、ダイヤモンドに来ていた。

ここに来れば、必ず話すチャンスがあった——少なくとも日本語で食事をオーダーし、マスターと挨拶ができる。うまくいけば、そのあたりでぼーっとしているおじさんやおばさんとおしゃべりができた。なぜか分からないが、彼らは皆わたしを話し相手にしてくれた。買い物の途中で立ち寄って女性向けの雑誌を読むおばさんは、いろんな旅行会社から熱心に集めてきたパンフレットを見せてくれて、一番気になっているという国内旅行の日程表を指して、行ってみたいと思わない？　と聞いてくるほどだった。

今日は、ずっとぼんやりしていたはずの、二つとなりのテーブルのおじさんからとつぜん話しかけられた。「どっからきはったん？」これは不思議なことではなかった。年配の方が声をかけてくるときは、よくこういう聞き方をする。

でも、わたしが答えるのを待たずに、そのおじさんは前もってシナリオを用意してあったかのようにつらつらと話し始めた。「あんた外国人やろ……」おじさん曰く、日本人の若い女性だったら、早朝のダイヤモンドに来るわけがないということだった。ひょっとするとおじさんは、誰かと話すことをわたしよりも期待していたのだろう。続いておじさんの個人情報を話し始めた。年は六十近くで、独身。生活のリズムが遅い京都が嫌い……わたしは少しだけ聞いていたけれど、口を挟むことはせず、最終的には下を向いたまま、おじさんの話をBGMにしながら食事をするだけになった。

「おっちゃんが三十歳若かったら、絶対あんたにプロポーズすんねんけどな」おじさんがこの言葉を発したところで、わたしは顔をあげることになってしまった。

「それじゃ、あんたより年寄りってことになっちゃうんだけど」わたしは思い切って立ち上がり、伝票を持ってお会計に行きながら、小声の中国語でそうつぶやいていた。

すると、なんとおじさんも立ち上がった！　「ここはわしのおごりや」財布を出して、お札を見せつけてきた。「どないや、わしカネ持ってるやろ」

「いえ、お気持ちだけ頂いておきますので」丁寧な日本語になればなるほど、フレーズも長くなった。今週最長の日本語のフレーズを言い終えると、わたしはダイヤモンドを出て、家に帰ってまた眠りについた。

オタク女子の涙

研究室の女性たちはアヤのことが苦手だった。アヤはオタクだからというのだ。日本人のオタクに対するステレオタイプのイメージは、あの『電車男』に出てくる主役の男性のように、携帯電話にケロロ軍曹のぬいぐるみをつけていて、他人とのコミュニケーションにやや難があって、夢みがちというものだ。

アヤはちょっと変わった子だ。いつも両頬に真ん丸のチークを塗っていて、ピンク色のフレームの眼鏡をかけて、ぼんやりとした表情をしている。同じ研究室で過ごしてはや半年になるが、アヤは果たしてわたしの存在を知ってくれているのか確信が持てないくらいだ。

ある日、遠くのほうからアヤが歩いてくるのが見えた。彼女に挨拶するべきだろうか。心の中でそんなことを思っていると、ふいに駆け寄ってきて、わたしの腕をつかんだ。

「欣穎ちゃん、お茶でもせーへん？」ほかの若い女の子は、わたしのことを必ず敬語で「宋さん」と呼ぶけれど、アヤは親しい友人のようにわたしのことを「ちゃん」づけで呼んできた。でもしばらくすると、わたしに対してこんなにフレンドリーなところは、アヤのことが苦手な女性たちの話題となっていた。彼女たちによるとアヤは「分をわきまえてない、失礼な子」なのだ。

でも、わたしはそう思わなかった。日本人は相手との距離を考えるけれど、それはいつも堅苦しすぎるし、考えすぎだと思う。アヤの自由なふるまいには、ほっとさせられる。

それから、テンポが皆とちょっとずれている、変わり者のアヤは、わたしを京都のいろんなカフェに連れていってくれるようになった。アヤは日本人の同級生たちとどう接していいのか分からず、いろんなタイプの、個性的で静かなカフェを探してはそこにいた。ひょっとしたら知り合いを避けるためだったのかもしれない。

まず、京大裏手の吉田山の頂上にある「茂庵《もあん》」へ行った。ここは木造の茶屋を改装したカフェだ。当時はまだ雑誌で紹介されておらず、観光客の姿は見あたらなかった。わたしたちは静かな山道を過ぎて、俗世間から離れた小屋の前に着くと、靴を脱いで二階へと上がる。カフェにはわたしたち二人だけ。異常なまでの静けさだ。窓側の席からは、吉田山のふもとの景色が見える。いつも暗い顔をしているアヤが、急にほほ笑んだ。アヤは、初めて友達と一緒に森林の小道を歩いて茂庵まで来たことに、とても感動しているのだと言った。

それから、細見美術館の地下にある純白のカフェにも行った。アヤは十七歳年上の、東大哲学科の博士課程に在籍している新婚の夫を紹介してくれた。彼らはネットのアニメ板で知り合い、すぐに結婚した。でも夫はふだん、東京に住んでいるので、遠距離で生活しているのだった。「あたし、ここがめっちゃ好きなんよ。広いから知り合いに会わへんし。あたしのケロロ軍曹と一緒にアフタヌーンティーできるし」アヤと夫は一緒に、携帯電話につけたケロロ軍曹のストラップを取り出して、それぞれのキャラの特徴をうれしそうに説明してくれる。そばで東洋美術の話をしていたご婦人たちも、面白そうにしてその様子を見ていた。

落ち着いた印象の五条通《ごじょうどおり》には、カフェ兼ギャラリーの「Muzica」がある。店内は詩集で埋め尽くされているが、お客さんは半分も入っていない。この店に行ったとき、アヤはコーヒーで乾杯して、また再会しよう、お祝いをしようと提案してくれた。そう言って笑顔だったアヤの目から、急に涙があふれだした。「欣穎ちゃん行っちゃったら、またあたしひとりだけで時間をつぶすねんな……」そう言うなり、思いっきり顔に皺を寄せて大泣きしだした。わたしはアヤの涙の中に、アヤがひとりでカフェにいる姿が見えてしまい、思わず一緒に涙したのだった。

京都の夜は眠らない

古都にはいろんなスタイルの不思議な夜カフェがある。そういうカフェは深夜に開店し、明け方まで営業している。それぞれに個性的な仕掛けがある。ギャラリーをしているお店、京都の夜景を眺められるお店、それからシニアバンドが常駐しているお店、自習室兼マンガ喫茶のようなお店もある。眠れないとき、わたしはひとり自転車を走らせて、秘密の洞窟を探すように、これらの眠らないカフェをさまよっていた。

川端丸太町《かわばたまるたまち》にある有名な「Cafe & Gallery etw」には、変わったデザインのアートがいろいろ展示されているうえに、コーヒーセットが明け方まで提供されている。地下には有名なクラブ「京都メトロ」があり、いつもクールなバンドが演奏をしている。メトロに魅了された若者たちは、聖地巡礼よろしく、こぞって足を運んでいた。青春真っ只中の男女が一晩踊り明かして、疲れ切ったらCafe & Gallery etwへ移動し、明け方まで時間をつぶすのだ。

わたしはここで夜食をとるのが好きだった。変わった展示と若者たちを見ていると、眠れなくても辛くなくなる。そんな感覚のまま帰宅すると、気分も満足したのか、心地よい眠りにつけるのだった。

台湾人女性の小白《シャオバイ》もわたしと一緒で夜更かしだ。それで、わたしたちはときどき夜のカフェで待ち合わせては、時間をつぶしていた。

小白はわたしと同じ年に京都に来た。わたしたちは同じ高校を出て、同じ大学の同じ学科の出身だった。でも、歳は一回りほど違うし、身長もだいぶ違った。小白のほうは背が高くて、穏やかな性格だった。小白は成熟した大人の女性という感じだったが、先輩のはずのわたしは、逆に落ち着きのない子どものようだった。にぎやかな etw に二人でいると、目の前にいる小白が場違いに見えた。彼女の人生は試練を迎えているというのに、こういうにぎやかな夜に連れ出すべきではなかったと直感した。

その年の夏の終わりに、小白はお母さんが病気ということで、京都に戻ってこられなくなった。それでわたしはひとりカフェに本を持参し、勉強する群れの一員になるしかなかった。

そんなある晩、小白が急に現れた。その日etwの店内ではいろんな不思議な形のTシャツが展示されていて、地下のダンスフロアから上がってきた若者たちで、いつものようににぎわっていた。彼らと歳が近いはずの小白の顔には、はりつめたような表情が浮かんでいる。「お母さんの病気はどう?」わたしが尋ねると、小白は静かにお酒を口にして、空中に吊られているTシャツを見ながら笑って言った。「退院したよ。もう大丈夫」

このときわたしは、小白は二年前に父親をガンで亡くしていたということ、母親の病は、それに続いてのことだったと知った。

「もう大丈夫。神様はわたしの最愛の人がママだってこと、分かってるから」小白はもう一口お酒を飲むと、ほほ笑んだ。

だがその数日後、小白はまた台湾へ帰った。そして京都に戻ったとき、日本語でこう言った。「世界で一番大好きな人は、いつもいなくなっちゃう」少し疲れた表情をしていたが、相変わらず静けさを漂わせていた。

小白よりずっと年上なのに、わたしは冷静でいられなかった。あふれ出そうになる涙を必死にこらえた。

「気にしないで。これで台湾のことは気にしなくてよくなったから。日本で楽しく暮らせるんだもん」母親を失くした側から慰められてしまった。

小白の日本人の彼は、だいぶ年上の人だった。

それから冬になって、小白は彼とのデートに忙しかった。わたしは夜眠れなくなっていたので、またひとりで夜のカフェに通っていた。ある晩ふいに、小白からお酒を飲もうと連絡があった。

「別れたんだ」まるで他人事のような口ぶりで、小白は言った。じつはその日本人の彼は長いこと二股をかけていて、小白は何も知らなかった。浮気が発覚した後、彼は日本人の女性のほうを選んだのだった。

店にいる、踊り終えたばかりで興奮冷めやらぬ若者たちの姿が、急にはるか遠くに行ってしまった。それはわたしにはおそらく無関係の、世界中で起こっているありえないニュースが遠くのほうで流れているような感じだった。

暖かいカフェから出て、わたしは京都の冬の寒空から空気を深く吸い込んだ。

「大丈夫。最愛のママを亡くしたんだから、これ以上の辛いことなんてないよ」小白の足取りはいつも通り物静かに、そして穏やかに、夜遊びを楽しんでいる若者たちのそばを通り過ぎていく。

「わたし、完全にひとりぼっちになっちゃった」小白が言う。
その日だけは、夜のカフェから部屋に戻っても眠れなかった。

佐藤先生の椅子

「趣味は椅子の収集です。自宅には、まあざっと三十脚ぐらいはありますよ」初めて指導教官の佐藤先生にお会いしたとき、挨拶が終わると数分間の沈黙があり、それから先生はゆっくりとそうおっしゃった。

聞きながらびっくりしていた。そして思わず心の中で、この単語を日本語で繰り返しつぶやいていた。「いす、イス、椅子？」どう切り返したらよいのか分からなかった。

研究室の中はまた沈黙に陥《おちい》った。

佐藤先生にお会いするために、わたしは先輩方からアドバイスを受けて、生まれて初めてスーツを着て、お土産のパイナップルケーキを持って、戦々恐々と研究室を訪ねたのだった。研究生にとって、日本の大学の指導教官のもつ権力は絶大。だから、失礼があってはならない。

佐藤先生の研究分野は映画だ。研究室には変色して黄ばんでしまった書籍、ビデオ、それからＤＶＤの数々が床から天井までうずたかく積まれている。しかも無造作に置かれたそれらで、ほぼ空間を埋め尽くされていた。今わたしが座っているソファーも、先生がなんとかスペースを作ってくださった。

ずいぶん前に、オランダのフェミニズム映画で『アントニア』という作品があった。その映画には、膨大な数の本の山に埋もれて生活している、「曲がった指」と呼ばれる老人が出てくるが、彼は最後、大量の知識と平和的に共存できずに首を吊って自殺してしまう。佐藤先生の研究室は、そんな「曲がった指」の書斎を彷彿《ほうふつ》とさせた。積まれた本でできあがった砂の城は、世間からは隔絶されていた。

佐藤先生はお土産を受け取った後、無表情な目でこちらを見ていたが、ひとことも言葉を発することはなかった。しばらく気まずい空気が流れ、それから先生はわたしには訳の分からない、個人的な趣味について語りはじめたのだった。

わたしはやっとのことで、頭の中を社交モードに切り替えると、我ながらびっくりするような良い質問をした。「先生は何人家族ですか？」

「いいや、わたしはひとり暮らしですよ」

会話はまた行き詰まった。

「それでは先生は、ご自宅に映画館を作りたいのですか?」

無表情だった佐藤先生の、ぶ厚い眼鏡の奥がきらりと光った。

「そんなこと思ってもみなかったなあ。きみの話は理にかなってるね。ひょっとしたら、わたしの潜在意識の中にそういう考えがあるのかもしれない」佐藤先生が笑った。京都の四月のそよ風が、開けっぱなしにしていた窓から吹きこんできた。先生は、続けて英語で「I like the breeze」と言った。

わたしは思わずほっとした。初対面はひとまず順調ということで……

ところがそう思ったのもつかの間、思いがけず鳥が一羽、風に乗って飛びこんできた。そして佐藤先生の資料や本の山の上にとまった。突如現れた招かれざる客を前に、わたしは叫び声をあげながら、頭を抱えて隠れた。

そんな惨状を見て、佐藤先生は文学的なアンニュイな雰囲気とは打って変わり、意外にもげらげらと大笑いした。

「ヒッチコックの『鳥』さながらの驚きっぷりですね。あっはっはっ……」

ちょっと変わっているけど、少なくとも先生はわたしのことを嫌ってはなさそう? 自分にそう言い聞かせて、先生の研究室をあとにし、だいぶドラマティックな面談を終えたのだった。

この話を聞いて、研究室の先輩の森さんはとても喜んでくれた。「気難しい先生ではあるけど、なんや宋さんのことは気に入らはったみたいやね。これからの二年間は安泰やわ」一方で、韓国人の先輩は驚いてこう言った。「いや、それでも気をつけた方がいいって。映画の研究者はみんなちょっとおかしなところがあるからね」先輩の話によれば、以前の先生は気分にムラがあったようで、授業中に怒り出して、レンガみたいにぶ厚い世界映画史の本を学生に投げつけた過去があるという。もっと恐ろしいのは、「夜中に電話をかけてくる」ことだった。まさか日本の大学教授がそんなことをするなんて思いもよらなかったので、これにはかなり驚いた。幸いにも、森さんがにっこり笑ってすぐにフォローを入れてくれた。「それはないわ。金さんの話は大げさ。わたしは電話なんてもらったことないで」そして、先生の暴走には理由があるとも教えてくれた。それはその頃、先生の奥様が突然家を出ていってしまったからだという。「単に、むしゃくしゃしたはっただけちゃうん」

確かに、その後の学生生活で、佐藤先生はいたって普通だった。先生が上級生の研究報告を聞きながらゼミ中に寝てしまったり、たまに学生に対して「中身がない。研究の価値なし。きみは学者に向いてないね……」と酷評したりして、教室中が凍りつくことはあったけれど、それ以外は変わったところはなかった。

あれはあたりが涼しくなってきて、楓《かえで》の葉が赤く色づきだした頃だっただろうか。

ある日、まだ夜が明けないうちに、部屋の電話が鳴り響いた。わたしはぼんやりとしたまま温かい布団から這って出て受話器を取った。なんと、電話の主は佐藤先生だった。

「佐藤ですが」わたしが日本語を話せるのを知りながら、先生は英語で話してきた。「先生、何か急用でもおありでしょうか？」「もうすぐ夜が明けるよ」「それはそうですが……」それから、またあの沈黙がやってきた。

時計を見る。朝の五時十五分。

「先生、どうかされたのですか？」質問を続けることしかできなかった。

「ちょっときみと話がしたかっただけだよ」答えはやっぱり英語だった。

ぎょっとした。これって正常な人間がすること？

「あのう……先生は、どんなことを話したいのでしょうか？」敬語を使うのはすごく気をつかうし、相手との距離を感じる言葉だけれど、わたしの不安な気持ちを隠してくれる。

「きみの留学生活にちょっと興味があっただけだよ。どうってことない」佐藤先生は日本語に切り替えた。それからさよならとだけ言って電話を切った。

すでに秋になっていた京都の空気は、すっかり冷たくなっていた。風変わりな電話が終わった後、布団へ戻ったが、わたしは寒さで完全に目が覚めてしまい、眠れなかった。

この出来事があった後も、普段と変わらない生活が続いた。教壇に立つ佐藤先生は相変わらず学生をしかりつけ、無表情で、わたしともあまり関わることがなかった。あの朝は、誰かが先生になりすまして電話をしてきたのではないかと思うほどだった。

でも、この出来事は小さな種が大木に育つように、わたしの中で少しずつ大きくなっていった。そしてついに耐え切れなくなって、先輩の森さんに告白してしまった。「金さんの言う通りでした。先生が夜中に学生に電話をかけてくるっていう話」森さんは先生の研究室に所属する、博士課程の大先輩だ。それで思い切って打ち明けたのだった。「宋さんたちは外国人やしね。先生は距離を感じたはるんちゃう。でも気にせんと話したらええよ。先生ってほんまに話し相手おらんねんなあ」

佐藤先生は以前、ご結婚されていた。奥様はヨガのインストラクターで、かなりお若かったそうだ。先生はどこか気難しいところがあったし、一日中研究に没頭していたということもあって、奥様はある日、荷物をまとめて東京へ行ってしまった。それからほどなくして離婚届が届き、佐藤先生はひとりぼっちになってしまったのだった。

奥様に逃げられた先生は、さらに気難しくなった。本の出版、論文の発表に専念し、学術面では著しい業績をあげたが、ゼミ生たちとの飲み会では、いつも酔いつぶれるほどお酒を飲んでは、「恋がしたい、恋がしたい」とわめいていたらしい。驚いた。わたしの知っている佐藤先生は、お酒を飲まない。「うん、飲んでへんね。孤独に飲み込まれて、頭がおかしくなったはったんちゃう」先輩はそう言いながら、手を合わせて祈るようなジェスチャーをした。「せやけど、わたしたちが平和に過ごせるように、やっぱまじめにお祈りせな。神様、先生に一日でも早よ新しい出会いがありますように」

神様にこの祈りが届いたのかもしれない。冬休み明けの授業では、佐藤先生の表情は元気いっぱいだった。学生に対しても、にこやかに対応していた。研究室ではどこからともなく、「先生は、帰省したときにお見合いをしたらしい」という情報が出回っていた。相手がいれば、佐藤先生は孤独から抜け出せる。学生たちも平和に過ごせるようになるから、おのずと笑顔になる。

ほどなくして、先生は本当に再婚された。隠そうとしても隠しきれない喜びがにじみ出ていた。再婚相手は噂どおり同郷のお嬢さんで、だいぶお若かった。「奥様が質素で地味で、性格が良くて、先生がすぐに捨てられませんように」研究室の先輩方は、また手を合わせてお祈りをした。

まもなく祇園祭だという頃、街なかは山鉾を見ようという人であふれていた。夏休みがくれば、しばらく先生に会わなくていいし、授業にも出なくてもよい。

ゆっくりと人の波の中を歩いていると突然、番号非通知の電話が鳴った。和楽器の音の中で、聞いたことのある声が聞こえた——佐藤先生だ。「宋さん、いま河原町あたりに来られますか？」英語だった。

先生は、にぎやかなエリアにある、若者に人気のカラオケボックスに来るよう指示した。店に着くなり、周囲の雰囲気とはそぐわない佐藤先生がすぐに見えた。ほほ笑んではいるが、いささか気まずそうにしている。そばにはにこやかに笑う若い女性がいた。

「妻です。彼女、歌が大好きでね。でも京都に友達がいないんだ。宋さん、友達になってもらえる？」

そうして、先生からの本気の命令で、わたしはロボットよろしくマイクを握りしめ、元気な新妻とデュエットを歌いはじめた。佐藤先生はただじっとそこに座って、笑いながら奥様のことを見ていたのだった。

　残りの夏休み中に、研究室の若い女子学生のほぼ全員が先生に呼び出されて、奥様とカラオケに行っていたようだ。みんな先生からの強引なお誘いを受け入れて、歌いに行くことは行った。でも、本当に奥様と友達になりたいとは思っていなかった。カラオケのあと、お茶や食事といった次の約束をしようとする人は皆無だった。先生がまた急に電話をしてきても、避けられようものなら避けた。さらに新学期が始まると、みんな学業が忙しいのを理由に、遠まわしに断るようになっていった。だんだんと、京都に嫁いできた奥様の存在は、わたしたちの記憶から薄れていった。

　ところがある晩、わたしは繁華街で奥様に再会することになった。彼女はひとりで文房具屋の前にいて、じっと地球儀を眺めていた。ガラスに映った顔がひどく寂しそうだったので、思わず声をかけた。知り合いだと分かると、すぐにうれしそうな顔になった。そして、どこに住んでいるのとか、最近どうとか、もうご飯は食べたかといったことを聞いてきた。「佐藤先生は付き合ってくださらないのですか？」奥様は首を横に振った。「忙しいみたいで。いつも研究室で夕飯を食べるの」

　二言三言《ふたことみこと》、会話を交わしたところで共通の話題がなくなってしまい、わたしは気まずくなって笑った。奥様から夕飯でも一緒にどうかと言われるのが怖かった。結局、そそくさとお別れをした。この後、二度と奥様に会うことはなかった。

それから、わたしの頭の中ではときどきこんなシーンが浮かぶようになった。佐藤先生が研究室の本に埋もれているとき、ひとりで家にいる奥様が三十脚の椅子に向かって、どれに座ろうか悩んでいるのだ。

しばらくして、佐藤先生の機嫌がまた悪くなりだした。学生たちの間でまた噂が流れた。

「新婦は先生に耐えられなくて、実家に帰ったんじゃないの？」

ひとりで街を歩く若奥様のことを思い出すと、聞きたくなる。先生のことが耐えられなかったのでしょうか、それとも友達のいない京都の生活が耐えられなかったのでしょうか。

もちろん、その答えは誰も知る由がない。

美香さんの人生の目標

「台湾と中国の間って、ほんまに地下道でつながってへんの？」美香は、京都に来て最初に知り合った友達だ。これは、美香からの初めての質問だった。

わたしの京都行きを聞いた東京の友人の智子が、ぜひ連絡するようにと美香の連絡先を教えてくれたのだ。

「すっごく、すっごく良い子なの……でも、死んでも京都を離れないだろうな。彼女はずっと変わらないと思うよ……ふふふ」智子によると、二人は京都にある美術系の短大の同級生で、バイタリティあふれる智子は短大を卒業後、まず北京に留学して、それから東京に出てきていた。美香のほうはずっと京都で暮らしている。

京都に来て三日目。インターネットも携帯電話もない、大家さん以外は誰も知り合いがいない状況だったわたしは、部屋を出て、なん筋《すじ》か先まで歩いてようやく電話ボックスを見つけた。そして美香の携帯電話番号に連絡し、すぐに数日後、ご飯を食べようということになった。

わたしたちはある南国風のカフェの入口で会う約束をした。

この大きな目をした女性は初対面でとても緊張していたのか、口をきゅっと結んだまま、乗ってきた自転車のそばに立っていた。しばらく無言だったが、やっとのことで笑みをつくり、わたしをお店へ案内し、南国風カレーを勧めてくれた。それからまた、どうしたらいいのか分からない、気まずい雰囲気になった。

おそらく、美香は頼まれたというだけで、無理やり留学生とご飯を食べているのだろう。そう思わずにいられなかった。

店内のところどころには亜熱帯地域にみられる観葉植物があり、まったりとした明るい沖縄音楽が流れている。もともと恥ずかしがり屋で緊張しいの美香は、カレーを口にするとほっとしたのか、急に周星馳《チャウシンチー》の映画『食神《しょくしん》』（日本では一九九七年に公開された周星馳監督、主演の香港映画。料理バトルコメディ）のセリフに匹敵する勢いで、「いやあ、めっちゃ美味しいわあ」と言った。日本のマンガに出てくるような感じの大げささだった。

それから、美香はバッグの中から和英辞典を取り出してテーブルの上に置いた。「なんか話そか」「えっ?」「うちはめっちゃ簡単な日本語で話すけど、万が一分からんでも大丈夫やし。いったん会話をやめよ。うちがこの辞書で英語を探すわ。そしたらなんとか話になるやろ」一字一句をゆっくりと話してくれた。わたしは思わず大笑いしてしまった。「冗談ですか? 辞書を使うなんて……」美香もつられて笑った。

このやりとりで、わたしたちはどうやら打ち解けたらしい。適当でいいからおしゃべりすることになった。「正常で明るくて、日本語も上手な留学生でよかったわ」日本語ができなくて、コミュニケーションがとれないかもしれないという心配はまだ理解できるけど、「正常で明るくてよかった」っていうのはどういうこと? 「京大生ってみんな性格がネクラで本ばっかり読んでそうやし」美香は日本人の京大生に対するステレオタイプなイメージを説明した。「お化粧せーへん、オタクっぽい服装、知識だけはやたらあるけど人と接すんのんが苦手、腰にはたぶんウェストポーチつけてる」そう言いながら身ぶり手ぶりする様子はとっても変てこだった。

台湾人女性の世話を頼まれたものの、気が合わなかったときのことを心配した美香は、中国語をずっと勉強していたお友達の郁美に前もって連絡を取っていた。わたしのお世話は郁美に頼んで、自分はフェードアウトしようという魂胆《こんたん》だった。

美香は東南アジアの料理が大好きだった。亜熱帯の地域にとても興味があって、本場のタイ料理が食べたいのと、お見合いがしたくてタイに行きたいと思っていたそうだ。でも生まれて初めて台湾人と知り合って、とても楽しくおしゃべりできたというので、いつか台湾に行って台湾料理を食べようと決意した。

「列車で中国も一周したいなあ」

「列車に乗って、ですか？　あはは……」わたしは美香が冗談でも言っているのかと思って、一緒に笑った。

ところが、美香の目はいたって真剣だった。「台湾と中国って一つの国ちゃうのん？海底トンネルでつながってて、列車で行けるんちゃうん？」

冗談ではなかった。美香は本気でそう思っていた。海底トンネルという考えがいったいどこから飛び出てくるものなのか。理解に苦しんだ。「実はうちもなんでそう思ったんか分からへんねん。でも、なんでトンネル掘らへんねんやろ？」真面目に聞いてきたが、わたしは返す言葉がなかった。

東南アジアの国々、あるいは南洋諸島について、美香は食べ物以外のことを何も知らなかった。でもとっつきやすくて、京都人独特の暗黙のルールもない人で、どんなにくだらない話をしても、ほとんど「あはは、おもろいなあ」と言ってくれるので、とても楽しく付き合うことができた。

美香は島根県出身で、短大を卒業後、そのまま京都に残った。ドラッグストアでアルバイトをしながら、暇を見つけては絵を描くという生活を続けて、あっという間に二十年が経った。わたしは京都にいてもひとりなのだから、東京に出ようとか実家に戻ろうとか思ったことはないのかと聞いた。美香によれば、実家にいるお兄さんは横柄でわがままで、妹さんは心の病にかかってひきこもりになり、ニートになってしまったので、実家には戻りたくないのだそうだ。「あとめんどくさいのんが苦手なんよねえ……すぐめんどくさいって思っちゃうねん」話しながら、本当に疲れた表情になっていった。

初めてアパートにお邪魔したあと、ようやくその疲れの元凶が何なのかだいたい分かってきた。

美香は木造アパートで十数年暮らしている。そこには「ハナ」という名前のペルシャ猫が同居していて、六畳ほどの畳の上には生活用品、それから猫の毛があちこちに散らばっている。面倒くさがり屋なので、壊れたままで修理をしていない家電も放置されている。これぐらいなら大したことはない。わたしの台湾の親友たちのほとんども、部屋を整理する気になれず、ずっとそこに籠《こ》もっていたいという人ばかりだ。ただ一番ふしぎに思ったのは、美香のアパートにはバスルームがないということだった。

「引っ越しなんてしたないわ。めんどくさいだけやし、しかもお金貯めなあかんやん」それで、美香は毎日銭湯に通うしかなかった。でも、京都の冬はとても寒い。仕事を終えて帰宅してから、また外出する気にならないときは、キッチンのシンクにお湯を出して、体を拭く。

「そっちのほうがよっぽど面倒くさくないですか？」わたしは笑ってしまった。

「何となく説得力あるかも？」目からうろこでも落ちてきそうな話し方や表情は、とても可愛らしかった。でも、美香はその後も同じ生活を続けたのだった。

あるとき、わたしは共通の友人である郁美と一緒に、美香の部屋でハナと遊んでいた。長毛のハナの体には、毛玉ができている。郁美はハナを抱っこして、毛をとかしながら毒舌を吐いた。「ハナ、お前のご主人様の人生はな、壊れた時計の鐘みたいなもんやで。歯車にオイル塗り忘れて、永遠に動けへんようなってんねん」

でも、いつからか分からないけれど、歯車はいつの間にか動き出していた。

料理などしなかったわたしだったが、台湾にいる母から送ってもらった干しシイタケを受け取り、国際電話で母からレシピを伝授された。「干しシイタケは水に浸して戻しておく。それから鶏肉、ショウガと水を鍋に入れて煮て、塩を入れればよし。あんたみたいなおバカでも絶対に失敗しないから」確かに簡単そうに聞こえる。でも初めて料理をするわたしにとって、これは人生の一大事だった。胸騒《むなさわ》ぎがした。それで美香を呼んで、この偉大なるひとときの証人になってもらうことにした。夏だったので、シャワーグッズを持ってきてと言った。シャワーの後にご飯を食べようと思ったのだ。

台湾式シイタケと鶏肉のスープは大成功だった。とくに麵線（そうめんのような細麵）を入れたのがよかった。完全に我が家の味を再現できた。

洗いたての濡れた髪をまとめた美香は、扇風機の前に座ってスープを一口飲んだ。すぐに目がキラキラと光って、あの誉め言葉を発してくれた。「いやあ、めっちゃ美味しいわ」美香は、このスープはこれまで味わったことのない味で、台湾の家庭料理がどこもこんなに美味しいのなら、「絶対お金ためて台湾に遊びに行くわ」と言った。このとき、美香の誉め言葉は確かに本心から出たもののようだった。でも、お金をためて台湾に来るという話は信じられなかった。面倒くさがり屋にとって、それはちょっと遠い夢ではないかと思ったからだ。

だからむしろ、こう提案した。「美香が貯金できるのなら、まずバスルームつきの部屋に引っ越すべきですよ」

「めっちゃ美味しいなあ。部屋の話もほんまにそうやな」美香はスープをすくっている。意識は完全に美味しい食べ物にむかっていて、返事も軽い。

その後、美香はときどき、仕事がえりにわたしに会いに来た。インターネットで探してきた台湾料理のレシピをバッグの中から取り出して、これを作ってと頼むのだった。本当に、これまで料理を一切したことがなかったわたしは、美香をまずシャワーに行かせて、それからレシピを見ながら美香ご指定の台湾料理を適当に作った。完成した味は、わたしの記憶の中のものからは程遠かったけれど、美香はいつもこの上なく美味しいといった表情を見せては誉め言葉をならべ、残さず食べてくれた。

「たぶん二人で食べてるから、美味しいんじゃないですかね？」わたしはいつも、食べ物に対する美香の大げさすぎる誉め方が気になっていた。「ううん。南国の料理って美味しいやん、ほんまに」美香の大きな目の奥は、誠実さに満ちあふれていた。作り手は、自分が天才シェフだと勘違いしてしまうだろう。

ある週末のこと。美香が部屋のベルを鳴らした。中国語のテキストを買ったので、ひいては中国語を教わりたいということだった。美香は台湾へ旅行する前に、簡単なフレーズを覚えて、「最低でも屋台で注文できて、値段がいくらか聞けるようになりたい」と言った。それからというもの、いつも「めんどくさいんは嫌や」と言っていた美香が、なんと毎週のように我が家にやってきた。そして休憩も取らずにたっぷり一時間ほど勉強をしていく。

これは予想外のことだった。これまで、美香の夢に対して賛成も反対もしていなかったが、頑張っている姿を見て、自分が恥ずかしくなった。

少しずつ、彼女の部屋にも変化が出てきた。美香はハナの毛玉、それから畳の上にある物の整理に取りかかった。しかも清掃業者にお金を払って、壊れた家電を全部引き取ってもらった。美術を学んでいた美香は、筆できれいに「整理整頓」と書いた紙を壁に貼り、意欲を高めていた。そして、真顔でこう言った。「いまのうちには人生の目標が二つあんねん。一つは台湾に行って美味しいもん食べること。もう一つはバスルームつきのマンションに引っ越すこと」

「恋愛という目標はないんですか?」わたしは不思議に思ってたずねた。

「ないない。めんどくさいし」恋愛の話になると、美香の顔にまた疲れた表情が浮かんだ。

東京の智子のところで、美香の過去について聞いた。今の木造アパートに引っ越してくる前は東京で生活していたらしい。当時の美香は恋愛優先で、京都から東京に出て、彼と同棲していた。ところが彼の浮気が発覚し、傷ついて疲れ果てた末に京都に戻り、あのバスルームのない部屋に住み始めたのだった。

シイタケと鶏のスープ初体験のときに立てた目標は、一年半を過ぎてもまだ実現していなかった。美香がいったいいくら貯金できたのかは分からない。勉強の進み具合こそ停滞していたけれど、中国語への興味は薄れていなかった。わたしたちはよくコーヒーを飲みに行ったり、タイ料理を食べに行ったり、街をぶらぶらして、雑貨や小物を買ったりした。でもあの二つの目標について、どちらも話題にすることはなかった。わたしが京都を離れる前の晩、美香が神妙《しんみょう》な顔でわたしを見て言った。「欣穎が結婚するときは絶対いうてな。うち台湾行きたいし」ただただ笑うしかなかった。このときのわたしにとって、結婚なんてものは美香の台湾行きと同じように、はるか遠くの不確かな未来でしかなかった。

でも思いもよらないことに、京都を離れてから一年後、なんとわたしは本当に台湾に帰って披露宴をすることになった。しかも、美香は本当に航空券を買って、お祝いに来てくれた。わたしは美香を連れて台北であれこれ食べ歩きした。また京都での生活に戻ったようだった。小籠包を食べながら、美香は満足げに言った。「ようやく人生の一つ目の目標を達成したわ」

それからさらに一年半が過ぎた。アメリカで、美香からのはがきを受け取った。人生の二つ目の目標も達成したことを伝えてきたのだった。「バスルームつきのマンションに引っ越したで。前に欣穎が住んでたあたり。きれいな疏水沿いの道があるとこ。欣穎が京都に遊びに来ても、ここなら泊めてあげられます」観光客として京都を訪れたとき、わたしは美香のお宅にお世話になった。すっかり老けたハナは、相変わらず毛がからまっていた。でも、部屋の中はすっきりと整頓されていた。さらに重要なことに、一年中シャワーができるバスルームがあった。あの「整理整頓」の張り紙も、新しい部屋の壁にまだ貼られていた。

「何年もかかったけど、うちの人生の目標はぜんぶ達成した。この新居ではちゃんと整理整頓して、ハナと一緒に残りの人生を過ごすわ」美香は笑いながら言った。

「吉田寮」のこと

京都で生活していた頃、カフェと自分の部屋以外に、一時期よく出入りしていた場所がある。それは「吉田寮」という学生寮だ。

京大の吉田寮は、百年あまりの歴史があり、巨大でかなり古めかしい木造の寮だ。静かで少し肌寒い日の午後、きらきらと日の光が当たっているのに、そこへ入っていく人は誰もいない。低い入口は近寄りがたく、足元の見えない大きな洞穴のようになっていて、さしずめ幽霊のいる廃墟といったところだ。

だが夜になると、廃墟の入口に青年たちが現れる。彼らは火を囲みながら、憲法や改革、それから哲学といった話題について熱く語り合う。ときには、そばでバイオリンを弾きながら、それを聞いている人もいる。

吉田寮は日本最古の学生自治寮だ。ひと月の家賃は水道、電気、ガス代込みでたったの二千五百円。異常な安さの理由は、厳格な学生組織によって管理されていることにある。学生運動が盛んだった時代、ここは左派学生の大本営だったそうだ。ただ、外観や雰囲気が怪しすぎるので、普通の学生はこのあたりに寄りつきたがらなかった。

ある日の晩、自転車で吉田寮を通り過ぎると、意外にもショパンのエチュード「木枯《こが》らし」が薄暗い木枠の窓の奥から聞こえてきた。激しいピアノの音色にひどく心を動かされた。少しのあいだ立ち止まって聞いていると、催眠術にかかったかのように、知らず知らずのうちに自転車をそこに置きっぱなしにし、左派の青年たちが話しているあたりを通り過ぎていた。そして吉田寮の入り口へ、それからピアノの音の主のもとへと勝手に足が動いていた。

ピアノ部屋の壁は、大昔の抗議のビラやスプレーで書かれた標語でびっしりと埋まっていた。そこでホームレスのような姿の若者が、髪を振り乱し、目をしっかりと閉じたまま、酔ったように身体を揺らしてピアノを弾いていた。その様子はまるで映画のワンシーンのようだった。ある不世出の天才ピアニストが、長いこと探してようやく出会えたピアノで才能を開花させている、といった感じか。最後まで弾き終わると、若者はピアノの蓋を閉じて、背を曲げたままゆっくりと長い廊下を渡った。それから入口の前で横になると、いびきをかき始めた。

「こいつは天才だ。ひとつもミスがない。正確だ」ふいに耳元から中国語が聞こえてきてびっくりした。振り返ると東北（遼寧省、吉林省をはじめとする中国東北部のこと）出身の同級生「鹿王子」がいた。どうやら彼もずっとここで演奏を聴いていたらしい。わたしがピアノに聴き入っていて、鹿王子の存在に気がついていなかったのだ。

彼は、彼の苗字が「王」ということ、それから名前が日本語の「鹿」の発音に近いということ、さらには背が低くて童顔で、星の王子さまを連想させることから、「鹿王子」と呼ばれるようになった。

鹿王子は、中国では音楽を学んでいた。裕福な家庭に生まれた彼は、五歳からピアノを習い始めた。のちに、テレビ局の音楽監督という高給取りの仕事に就いた。ところがわけあって、彼は仕事を辞めて京都で勉強することにした。大学で学位を取得した後、また何がしかの事情があったらしく、さらに京大に二つ目の学位を取りに来ていたのだった。その理由はわたしには知る由もないけれど、お坊ちゃまのはずの鹿王子は、意外にも貧民の巣窟のような吉田寮に住んでいた。

「あの天才ピアニストは誰？　京大生？」と興味本位で聞くと、鹿王子が寮の見学に誘ってくれた。

「分からない。見かけたことないなあ。たぶん臨時で部屋を借りてる外部の人じゃないかな？　ここは隠れた名手がわんさかいるな」

学生組織の左派理念で、吉田寮では、外部の人でも二百円を払えばすぐに部屋を借りられる。だからバックパッカーも宿泊代が少なくて済む。それでここにはときどき学生ではない臨時の宿泊客が来る。だがこういう臨時の客だけでなく、吉田寮の正式な住人にも隠れた才能を持つ人がさらにごまんといる。例えば授業には出ていないのにフランス語が流暢だったり、マルクスの『資本論』をまるごと一冊暗記していたりと、ありとあらゆるジャンルの「神」がいるのだ。

鹿王子の部屋は、壁に大きな穴が開いていた。鹿王子はそこに食べ物を入れている。壁の上、床の上には歴代の住人が残していった、様々な色のペイントで書かれた文字があって、たいていは抗議の標語か、奇妙な落書きだった。鹿王子は、ここをめちゃくちゃクールな場所だと思っていた。ここに住んでいると血が騒ぐのだそうだ。「もっと大事なのは、吉田寮にはやすらぎがあるところだね。電気ポット、ガスコンロ、お茶碗やお盆……どんな物だって全部廊下に置いてあって、勝手に持っていって使っていいし、使い終わったらまた戻しておけばいいんだ」王子は他の逸話も教えてくれた。韓国から来た隣室の博士課程の学生は、子どもの発育が少し遅れていた。でも夫婦とも学業で忙しくてどうにもならず、いつも寮の住人の誰かに子どもを預けているそうだ。「これこそ資本主義社会における人民公社だよな」鹿王子はそう言うと興奮し、目を輝かせた。

「ピアノに聴き入ってた様子を見ると、君はピアノにだいぶ興味があるようだね？　ここには無料で使えるピアノがあるんだから、習いに来れば？」ひょっとすると、あの「木枯らし」の霊感《れいかん》に引き寄せられたからかもしれないし、わたしが見入っていたのがあからさまだったからかもしれない。わたしの子どもの頃からの夢を、見透かされているようだった。こうして、もともとそれほど仲良しでもなかった鹿王子が、わたしのピアノの先生となった。週一回の吉田寮でのピアノの授業が始まったおかげで、鹿王子が京都にやってきた理由が少しずつ明らかになった。

わたしは鹿王子の見事な腕前のピアノ演奏を聴いているだけで十分満足していたのだが、自分がいざやってみると、彼のようなレベルに達するのは難しいと思った。

吉田寮の窓の外には黄色く色づいた銀杏《いちょう》の木が並んでいて、秋の日の光はとても心地よかった。でもわたしにとってピアノの練習は終始、辛いものでしかなかった。ひょっとしたら歳のせいかもしれないし、そもそも才能がないのかもしれない。わたしの指はずっと脳からの指令を送られていなかったのだった。鹿王子が笑いながら言う。「もし僕が子どもの頃そうやって弾いてたら、先生のボールペンで手と指をぶたれてたな」タコだらけの手と指を見せて、恥ずかしそうに笑った。鹿王子はひとりっ子で、遊び友達もいなかった。幼少の頃は厳しい音楽教育を受けて育った。ひたすら苦しい練習を続けた。だがその甲斐あって、厚遇の職に就くことができた。「技術なんて関係ないよ。ピアノを習うとき重要なのは、人格の形成。楽しければそれでいいんだ」聞きながら、鹿王子先生はこの生徒の指導を諦める準備をしているのかと思って悲しくなった。まさかこの後、鹿王子が自分の恋愛観を吐露し始めるなんて、思いもよらなかった。

鹿王子によれば、実家にいた頃にも女の子にピアノを教えたことがあって、しかもその子も相当へたくそだったらしい。学習態度も常に不真面目だった。でも鹿王子は彼女のことが大好きだった。「上手いとか下手とかなんて関係ないんだよ。ピアノを弾く目的は人格を養うこと。君さえ楽しければそれでいいんだ」ただ、彼女は恋愛に対しても不真面目で、気の多い女性だった。その彼女が京都に留学することになった。鹿王子は彼女のことを深く愛していたから、誰もがうらやむ仕事をすっぱりと辞めて、彼女についてきた。だがある冬の夜、彼女のあとをこっそりつけたところ、なんと他の男とホテルに入っていくのを見てしまった。鹿王子の心が折れた。その晩、鹿王子は自転車で、鴨川を狂ったように疾走した。耐え難い感情を捨て去ろうとして。ところがふいに失速して、自転車ごと鴨川に滑り落ちてしまった。「鴨川が浅すぎて、おぼれ死ねなかったんだ。あはは」氷のように冷たい川からびしょ濡れになって這いあがると、通報を聞いて駆けつけた警察の車にすぐ保護されて、警察署に連れていかれた。警察は自殺でもすると思ったようで、たっぷりと説教をされてようやく解放されたのだった。

「本当は自殺したかったんじゃないの？」わたしは興味津々《しんしん》で尋ねた。

「そんなわけないよ。だって……」鹿王子はため息をついた。「だって、彼女にまた会いたかったからね」その目は少し悲しげだった。初対面のとき、星の王子さまみたいだと思った理由がそこで急に分かった。鹿王子も、おしゃれで高慢で、トゲがあって人を傷つける一本のバラを持っていたのだ。

鹿王子は結局彼女と別れた。鹿王子は二人で住んでいたマンションを出たが、やっぱり彼女の住む街に住んでいたいと思った。それで、当時在籍していた学校を卒業してから、京大の修士課程を受験したのだった。学術研究にはさほど興味はなかったが、留学ビザがなければ日本にいられなかった。それから吉田寮に引っ越して、にぎやかな「人民公社」の仲間入りをしたのだった。

「それから彼女には会えた？」何回目かのピアノのレッスン。相変わらず進歩しない指のおかげでどうしようもなくなった生徒は、無駄話に走るしかなくなっていた。

「街で見かけたことはあるよ。でもお互い知らないふりしてる」鹿王子は苦笑いした。「でもいいんだ。吉田寮の中にはどんなものだって、どんな人だっているから。大家族みたいですっごく楽しいんだ」


銀杏の葉はすっかり落ちてしまった。寂しい冬に、動き回るのもおっくうになった。しかもピアノはまるで上達せず、授業中止の回数もだんだん増えていって、とうとうなくなってしまった。

詳しいことは分からなかったが、鹿王子も何かしら忙しいようで、たまに吉田寮に行っても、いつも部屋は空っぽだった。

この頃、東北地方出身の李沙《リーシャ》とも仲良くなった。李沙は鹿王子と同じく、京都のある芸術系の大学で学位を取得した後、さらに京大で続けて勉強することにし、それから家賃の安い吉田寮に引っ越してきた。

李沙は日本に来てかなり長い。趣味はドキュメンタリー映像を撮ることで、いつもカメラを抱えて吉田寮のいたるところを撮影していた。学術研究を重視する京大で、李沙はかなり辛そうだった。彼女にとって、理論にはちっとも面白みがなかった。ただ留学ビザ欲しさに大学にいるだけ。そうあっけらかんと言った。中国を出てきてから、彼女は世界というものはとてつもなく大きくて、故郷では真実だと思っていたことでも、すべては嘘つきの戯言《たわごと》だということに気づいた。ショックと解放の結果、故郷とはいえ、あんな閉鎖的な環境には二度と戻りたくないと思ったのだった。

自由でいられるように、彼女はアルバイトをしながら学業にとりくんだ。貯めたお金でカメラを買い、私立の芸術大学の高額な学費を払い、ひとりで節約生活をしていた。そのときと比べれば、そんな彼女にとって吉田寮は天国だった。ありえないくらい家賃が安いからだけではない。あらゆるジャンルの変人と知り合えて、彼女の創作の題材になったからだった。

吉田寮に住む李沙は本当に楽しそうだった。彼女に会いに行くと、あちこちで取材してきた作品の素材を興奮しながら見せてくれた。そして、編集について熱く語り合った。ところがある日、携帯電話を持った彼女の顔に不安げな表情が浮かんでいた。

「あたし、たぶん吉田寮を出ていかなきゃだめかも」李沙は落ち込んでいた。吉田寮の自治会の方針が新しくなり、留学生の入居方針に変更が出るかもしれないと思っていたのだった。さらに聞くと、李沙はこうも言った。「彼氏がメールくれた。わたしが彼のところに引っ越して、一緒に住めばいいって」

わたしはあごが外れそうになるぐらい驚いた。李沙とは知り合って長いが、彼女はいつもアルバイト、撮影、編集に大忙しで、彼がいるなんて話は一度も聞いたことがなかった。「なんで恋愛関係になる必要があるのかな？」李沙はため息をついた。彼氏は日本人で、ごく普通のサラリーマンで、アルバイト先の居酒屋の常連客だ。彼が何度もこっそり李沙にメモを渡して、交際が始まった。もう何年も付き合いは続いているということだった。彼は良い人だけど、「すごく普通の人。普通すぎてつまらない」と言う。実のところ、彼のことを面倒に思い始めていた。「本当に電話を返したくない。ショートメールも返したくない。会いたくもないよ」最近彼に会ったときは彼の母親も一緒で、みんなでカラオケに行ったそうだ。彼はひとり親のひとりっ子で、ときどきデートに母親を連れてくる。彼のほうはおそらく、李沙の態度が冷たいと感じているのだろう、同居を提案して彼女の心をつなぎ留めたかったようだ。

李沙は彼の母親と会うのが嫌なのではなく、単につまらないのだと言う。

「そういうことなら、吉田寮を出ていくっていう問題に悩む必要ないじゃない。すぐに結婚するつもりがないんだったら、寮を出て彼とお義母さんと同居する必要だってないでしょ」わたしは無邪気にもそう思っていた。李沙は少し黙っていたが、小さな声でこう言った。「でも、これといって別れる理由もないんだよね。このままいけば、結婚することになると思う」ほどなくして、入学試験（研究生が正式に修士課程に入るための試験）がうまくいかず、李沙は留学ビザを取れなかった。彼は李沙を日本にいさせたくて、すぐに結婚の手続きをした。そうして李沙は自動的に吉田寮を離れることになり、右京区で夫と一緒に住むことになった。

吉田寮は面白いところだけれど、結局はおんぼろで汚い寮でしかない。仲の良い友達もいなくなったし、何度も行くと新鮮さも失われてしまい、わたしの足も遠のいていった。

春がまたやってきて、わたしは百万遍《ひゃくまんべん》（地名。東大路と今出川通の交差点のこと。付近に京大もある。「知恩寺念佛百萬遍」からその名がついた）で久しぶりに鹿王子に出会った。鹿王子は元気いっぱいで、春風のように軽《かろ》やかな様子だった。

「また愛の真理を見つけたんだ」鹿王子の笑顔はきらきらと輝いていた。

「どうやら本物のようね。新しい人生の始まり、おめでとう」わたしは笑った。

「うん。永遠の愛だと思う。いま京都を離れる準備中。マレーシアに伝道に行くんだ」

なんと、鹿王子のいう「愛」とは、神に対してだった。このところ、鹿王子は積極的に教会の活動に励んでいて、神の思《おぼ》し召しを受けていた。そして、ずっと離れられなかった古都と決別する気になったのだ。

こうして、わたしの友人たちはみんな吉田寮を去っていった。

銭湯の温かさ

京都の銭湯が大好きだ。わたしにとって、銭湯はただの温かいお水ではない。人情味の温かさがあると思う。

銭湯は公共の浴場だ。いくらかお金を払うだけで、いろんな温度の湯船にずっとつかっていられる。家にバスルームがあっても、京都人はやはり銭湯が好きだ。大浴場の湯は、家のお風呂よりずっと温かいから。

盆地の古都は、冬になると部屋で布団を重ねてこたつをつけていても、まだ寒くてこごえてしまう。こんなとき、わたしは着替えとタオルを抱えて、静かで狭い路地をひとり通り抜け、銭湯へと向かうのだ。

京都で一番気に入っている銭湯は有名な「柳湯」や「船岡温泉」ではなく、東山二条近くにある無名の木造の銭湯だ。ここは古いけれどとても広い銭湯で、室内は湯気がこもっていて温かい。浴場も広くて気持ちがよい。ここのお風呂につかれば、恐ろしい京都の寒さを追い払うことができる。

銭湯の番台《ばんだい》には目の見えないおばあさんが座っていて、お金を扱っている。その左右がそれぞれ男湯と女湯の入口だ。やってくる客はみなおじさん、おばさんで、入浴料をおばあさんの前に置いて、それぞれの暖簾《のれん》をくぐって中へ進み、服を脱ぎ始める。

女湯に入っていると、おばさんたちが身体を洗いながら、他人のことをあれこれうわさしているのが聞こえてくる。町内《ちょうない》じゅうのゴシップがここで話しつくされているのではないだろうか。来たばかりの頃は、京都弁はいっさい分からなかった。でも長いこと銭湯で観察したおかげなのか、わたしはだんだん京都弁で挨拶を交わせるようになった。ただし、それは銭湯を出たあとに限っての話だった。完全なよそ者がどうしたらおばさんたちの井《い》戸端《どばた》会議に加われるのか、まるで分からなかった。

冬に女友達が遊びに来たら、必ずこの銭湯に連れていくことにしていた。

初めてここに連れていったのは、わざわざ台湾からわたしに会いに来てくれた珍《ジェン》だった。珍はパーフェクトな人生を送っているように見えたけれど、実際はまったく楽しそうではなかった。というのも、結婚生活にちょっと問題が起きていたのだ。大学時代から付き合っていた彼と結婚して数年になるが、安定していて、しかも高収入の仕事をしていた珍は、そのお金をすべて夫に預けていた。珍はお金の管理が苦手だった。そして夫は、ふたりのマイホーム購入資金を貯めておいて、老後は幸せに暮らそうとしていた。数年前、異国で生活をしてみたいという夢を抱いた珍は、自費で海外留学をしようと本気で考えて、夫が貯めておいたお金の一部を引き出そうと試みた。ところが思いがけず、それは無駄遣いだと夫からなじられた。今回の京都旅行も、わたしの家に泊まって節約すると説得して、やっと出てこられたのだった。そんなわけで、旅の途中も、毎日帰宅すると夫に帰りましたコールをして、一日のスケジュールやそこで見聞《みき》きしたことを興奮しながら報告していたが、電話の向こう側で夫の反応は薄く、いつもこう言われるだけだった。「それで、いつになったら帰ってくるの?」

「あたしはすごく愛されてるっていう実感が持てればいいだけなの」わたしの部屋の畳に寝ころがっていたが、わたしたちは一睡もしていなかった。珍はかなり長いことストレスを感じていたようで、納得いかない結婚生活の現状と悩みをあれこれずっと訴えていた。

当時のわたしは、珍をどう慰めたらいいのかまるで分かっていなかった。

それで、うかつにも「旦那さんは一緒に旅行に来られないの?」などと聞いてしまった。

珍はしばらく黙っていて、それから無気力に答えた。「彼は旅行が好きじゃないの。お金を使うのが好きじゃないのよ……。なんで趣味がまるっきり違う人なんかと結婚しちゃったんだろ？」

「どうして？」わたしはいまにも目が閉じそうになっていたけれど、頑張って珍と話していた。

「だって、彼は初めての人だから。あの頃のあたしにとって、一番いい人だったの」

徹夜で一睡もできなかったせいで、全身が痛くなった。翌日の夜になるまで二人とも話す気力すらなかったのだが、長い夜をだらだらと無為に過ごすのもどうかと思い、珍を銭湯に連れていくことにした。

すべて木造の銭湯を見て、珍は興奮しきりだった。白い息を吐きながら、珍が叫んだ。

「カッコいい！『千と千尋の神隠し』の風景みたい。観光名所なんかよりずっといいわ」二人で列をつくって、目の見えないおばあさんの番台に入浴料を置いてから、脱衣所へ入ろうとした。すると、おばあさんの年老いたゆっくりとした声が聞こえてきた。「二番目の子、十円足りひん」わたしはせわしなく十円玉を出しておばあさんの前に置いた。おばあさんはぴくりとも動かない。濁った目は見えているはずがないのだが、銅製の十円玉の音の響きを聞いて、すぐに「おおきに」と言った。珍は楽しくなって、少女のように驚いた。「音で金額が分かるなんて、すごすぎ！」

服を脱ぐ段階になって、もうそんなに若くない珍はだいぶためらっていた。「母親が亡くなってから、人前で裸のままシャワーなんてしたことないんだけど……」

「じゃあここにいっぱいいるのはお母さんだと思えばいいじゃん」見渡せば、確かにみんな年配の、皮膚もしわしわ、胸も垂れていて、お腹もぽっこりと突き出たおばさんたちばかり。珍は笑いをこらえきれなくなって、すぐに素っ裸になった。

このとき初めて聞いたのだが、珍は子どもの頃に母親を亡くしていたのだった。しかも大学生の頃に父親も亡くして、誰かを頼っていたかった珍は、卒業後すぐに彼と結婚した。自分の家庭を持ちたいという意志からではなかった。

中国語での会話が注目を浴びたのだろうか、イスに座って身体を洗おうとしたら、足の爪を念入りに磨いていたおばさんがさっと振り向いて言った。「あんた外国人やったん！どうりでいっつも来たはると思たわ。若い女の子はここの銭湯にほとんど来いひんさかい」浴槽へ行くと、裸のおばさまたちに囲まれて、質問ぜめにあった。生活のちょっとしたことだったり、身の上話まで様々だった。「あんた京大に行ったはんの？　頭ええんやねえ」「お友達は結婚したはるん？　旦那さん置いてひとりで京都に遊びに来はったん？すごいやん！」「お友達連れてどこ遊びに行くん？」それからどこのお店が美味しい、あそこで遊ぶのがよいなどおすすめの紹介で盛り上がった。こうやって裸の付き合いをしたからなのか、お風呂に入ってみんなの心が温まったからなのか、わたしたちは二人とも顔が真っ赤になっていた。服を着て、古めかしいドライヤーで髪を乾かしていると、また別のおばさんが冷蔵庫から冷えた牛乳を二本取り出して、にこにこしながらこっちにやってくる。そしてわたしたちにプレゼントしてくれた。「お風呂あがりに冷たい牛乳を飲むのんが人生最高のことやね。これぞジャパニーズ・スタイルや」

銭湯から出ると、わたしたちと一緒にいたまた別のおばさんが、自分の家の前まで連れて行ってくれた。「おばちゃんここに住んでんねん。暇なとき遊びにきいや。あと、何か困ったことあったらおいでな。あとな、日本には悪い人もおんねんから、もし悪い人におうたらおばちゃんとこ来なさい。なんとかするし」よく高飛車《たかびしゃ》で冷たいといわれる京都のおばさんだが、銭湯に入った後はみんな親切で、これまで悶々としていた珍も、このときばかりは楽しくなって笑っていた。

その晩、珍はすぐに布団をかぶって寝てしまった。眠りにつく前、寝言ともうわ言ともつかず、こんなことを言った。「あたし、本当にあんたのことがうらやましい。自由に生活できて、あったかい人たちに囲まれて、気にかけてもらいながら過ごしてる」わたしは思わず笑ってしまった。実際はこのときまで、銭湯の人たちと会話なんてしたことがなかったのだ。いつも黙って入って、髪を洗って、乾かして、水を飲んで、それからまた服とタオルを抱えて黙って出ていき、ひとり暮らしの家に帰って、ひとりで熱いお茶を飲んで、テレビを見ていたのだから。

翌日の晩ご飯の時間、わたしは大学から家に戻って珍と合流し、銭湯のおばさま方ご推薦のレストランに行く準備をしていた。ところが、さあ出かけようというときになって、こたつに入っていた珍が、先にとある高級日本旅館に、一緒に見学に行ってくれないかと言ってきた。

「見学?」高級旅館って勝手に見学できるの? 実は珍が昼間、ひとりで嵐山に遊びに行っていたとき、偶然アメリカから来た青年二人と出会ったのだそうだ。英語ができるので、おしゃべりして仲良くなった。しかも三人で人力車に乗って、午後はまるまる遊んでいたという。彼らは高級旅館に宿泊していた。ハリウッドスターも宿泊したことがあるそうで、旅館を見学してから、夕飯を一緒にどうかと珍を誘ってくれたのだった。

わたしは迷った。「まさか、アジア人女性を誘う手口じゃないの？」でも珍はそんな人たちではないと固く信じて疑わなかった。わたしは旅館の住所を調べてみた。「柊家《ひいらぎや》」――確かに京都の高級旅館の一つだ。「こんなに高級なところに行くの、おそらく生きてる間に二度とないチャンスだから行ってみようか？」好奇心に駆られた。心の中では気が気でなかったものの、珍に付き合って行ってみることにした。

二人は確かにとても紳士的だった。わたしたちが靴を脱いで畳にあがるときも、手を貸してくれた。

一泊十六万円もする部屋。浴室は竹の装飾が施されていた。彼らは確かに、ただ部屋の素晴らしさをわたしたちに見せたかっただけで、それから京都に住むわたしに、どこで遊ぶのがよいか聞いておきたかったのだった。「地元の京都人がしていることを体験したいんだ」「わたしなら銭湯をおすすめするけど……ここにはこんなに立派な浴室があるから、そういう場所には行きたいと思わない？」だが、続けて珍が銭湯で出会ったおばさまたちとの話をすると、アメリカ人はそれを聞いて、がぜん行ってみたくなったようだった。

その後の数日間、青年たちはよく珍を誘って一緒に遊びに出かけていた。わたしは授業があったので、彼らがどこに行っているのかはさっぱり分からなかったが。ただ聞くところによれば、アメリカ人の青年たちは祇園の銭湯を体験したらしかった。でも入浴の礼儀を知らなかったので、刺青のお兄さんに叱られたのだとか。命からがら逃げるというほどのことではなかったけれど、二人にはとても刺激的な経験だったようだ。

台湾へ帰る前日、珍は夫に帰ると電話をした。空港まで迎えに来てほしいと言ったが、返事ははっきりしなかったらしい。

蒸気が立ちのぼる浴場には、わたしと珍しかいなかった。遅い時間帯の銭湯はとても静かだ。二人ほど、おばさんが水を浴びて身体を冷ましている。家に帰る準備をしているのだろう。「明日、珍が帰ったら、またひとりの京都暮らしが始まるのかあ」なんだか感傷的になってきた。ときには予定がころころ変わってちょっと疲れたこともあった。けれど徹夜で長話をしたり、すぐに帰宅して晩ごはんに付き合ったりと、単調な毎日が過ぎていった。この半月近くわたしと一緒にいたことが珍にとってよかったのかどうか、確信は持てない。でも、誰かがわたしの帰りを待っているのが習慣になっていた。「終わらない宴はない、だね」珍が寂しそうに言った。

銭湯を出るとき、前方に着替えやお風呂セットを抱えたおばさんがいた。男湯の暖簾の前に立っていたおじさんが、おばさんを待っていた。

「母さん遅いわ。こごえ死にそうやわ」

「おとうさん、なんで中で待ってへんかったん？」

「約束した時間になったからやないか。母さん先に出てたらあかん思うて。さぶいさぶい」

二人並んで話しながら、老夫婦は帰っていった。

二人の影を眺めていた珍は、彼らは何を話していたのかと聞いてきた。説明を聞いて、珍は長いため息をついた。「うちの旦那だったら、そもそもあたしのことなんて待っててくれないな」珍が吐き出した白い息は、長いこと消えなかった。

珍が台湾に帰った後、わたしはひとりでご飯を食べ、テレビを見て、たまに銭湯に行くという日々に戻った。ぼんやりしているうちに、冬も過ぎていった。暖かくなってくると、銭湯に行くことも少なくなった。

千年の古都という名に惑わされているからだろうか。数百年の歴史ある廟宇《びょうう》や古刹《こさつ》がいつでも不動のまましっかりと立っているからだろうか。この街のすべては、ひとりの静かな生活と同じように、永遠に変わらないと思っていた。ところが新しい一年を迎えたところで、周囲の風景に少しずつ変化が現れた。それはまるで、いま塗ったばかりの風景を、誰かが消しゴムで消しているかのようだった。三条の小さな書店もいつの間にかなくなってしまったし、河原町の書店「丸善」もチェーンのカラオケボックスになってしまった。繁華街にあった、七十年もの歴史ある映画館の「京都宝塚劇場」も営業終了を発表し、解体を待つ運命にあった。映画館が閉館する日、わたしは劇場まで足を運んだ。

何もかも、消えるときは一瞬で消えてしまうものなのかもしれない。春が来てもしばらく銭湯に行っていなかったわたしは、急に胸騒ぎがして、あの古い銭湯に行ってみようと思った。入口までたどり着くと、驚いたことに「近日営業終了」の貼り紙が目に飛びこんできた。

「ここは前に修理してから四十五年も経ってるさかい。だいぶ老朽化してて、もう使われへんねんよ」いつも厚化粧のおかみさんが、無表情に言った。「おばあちゃんも亡くなったし、あたしも踏ん張れんわ。ここ解体したら新しい家に住むわ。銭湯はもうからん」実は前回銭湯に行ったとき、あのおばあさんが番台におらず、そのかわりにおかみさんが座っていた。そのとき「おばあちゃんはもう歳やさかい、休みが必要なんよ」と言っていたのは覚えていた。まさか、おばあさんが亡くなっていて、銭湯も取り壊されるとは思いもよらなかった。

前回行ったそのとき二十円足りなかったのだが、おかみさんは大丈夫だと言ってくれて、石鹸まで貸してくれた。そこでようやく、二十円を返していないことに思い至った。

銭湯の最終営業日、わたしは二十円をおかみさんに返しに行って、一緒に記念写真を撮ってほしいとお願いした。「あんた観光客やろ、それか記者やない？　そうやなかったら写真撮りたいなんて思わへんやろ」ずっとここで働いているから、当然ながらこんな古い銭湯になんの面白みがあるのかと思うのだろう。やってくるいろんなお客さんの中で、わたしのことなどおかみさんは覚えていなかった。やはり、なじみのお客さんと比べたら、「一見《いちげん》さん」にすぎないのだ。

この日、わたしは初めて昼間にこの銭湯に来た。この銭湯の最後の一日を写真に残しておきたかったからだ。なじみ客のおばさんたちが木の扉を開け、小銭を番台に置いた後、畳にあがる。わたしの前で服を脱ぎ始めるが、カメラに嫌な顔ひとつしない。「あんた記者さん？」

「いえ」このおばさま方はいつも昼間にきているのだろう。今まで会ったことのない面々だった。

「イントネーションがちょっとちゃうね。関東から来はってんやろ、関東には銭湯ないん？」

　どう答えていいのか分からなかった。関東にも銭湯はある。京都にもたくさん銭湯はある。でもこんなに古い銭湯はほかにない。この銭湯だけが、わたしが厳寒《げんかん》の京都を過ごした場所であり、京都弁を学び、人情の温かさを学んだ場所だということが重要なのだ。

　おかみさんが入口に営業中の暖簾をかけた。これも最後になるだろう。

「この銭湯、大好きでした」おかみさんに何か言いたかった。

「おおきに」おかみさんは笑いながら答えた。

「急な閉店で、すごく悲しいです」

「しゃあないわ。何ごとにも賞味期限いうもんがあるしなぁ」おかみさんは最後に、「頑張りや」と言ってくれた。そして戸を開けて中へ入り、暖簾の奥に消えた。

　後日、珍からメールが届いた。台北に戻って半年後、急に悟《さと》ったのだそうだ。そして、離婚を決意したという。夫は何とか踏みとどまるよう求めたけれど、やはり意志は固く、きっぱりと離婚を要求した。離婚してから、珍は休みを利用してあちこち旅に出かけていた。「あんたの京都での自由で楽しい生活を思い出して、あたしもそういう生活がしたくなったの」珍はアメリカに発つところだった。京都で知り合った二人のアメリカ人の青年のうちのひとりに会うのだそうだ。

「すべてのことには終わりがある。二人がどんなに愛し合っていても、最後にはいろんな形でお互い離れていくもの。どんなに目の前にある美しいものに執着したところで、それもいつかは朽ち果ててしまうのよ」メールにはそんな風に書かれていた。

メールを読みながら、目の前にあの古い銭湯のなかなか消えない湯気が浮かんできた。それから、珍が銭湯で言っていたことを思い出した。「終わらない宴はない」

そう。物事にはすべて終わりがある。それから、感傷も。

五条楽園

「穴場《あなば》」という日本語がある。知る人ぞ知る秘密のスポットという意味だ。

京都は超がつくほどの観光都市だから、誰も知らない場所などないと思っていたが……

ある日、「五条楽園」の存在を発見して、まるで『不思議の国のアリス』のアリスが夢の中で不思議な穴に落ちていったときのように、「穴場」という言葉の奥深さがよく身にしみた。

京都には木屋町通という、高瀬川《たかせがわ》沿いを南北に通る道がある。古くから、たくさんの舞妓さんや芸妓さんでにぎわう通りだ。高瀬川は五百年前に開通された運河で、中心部と伏見の間をつないで物資を運んできた。森鷗外の小説『高瀬舟』の舞台はまさにこの場所だ。

木屋町二条には運河を開削《かいさく》した豪商の角倉了以《すみのくらりょうい》の別邸跡（現在は食事処に改装されている）があり、美しい庭園から、当時の風景を思い起こさせる高瀬川の源流を見られる。ただ、いまや高瀬川は水深がだいぶ浅くなり、高瀬舟が「水の面をすべって行った」とか、文献にあるような「芸妓や舞妓が夜になると両岸を渡っていく」とかいった光景は想像しがたい。

市の中心部、三条と四条の間の木屋町通は、灯りがともり始めると、両岸のピンク広告、夜店、カラオケ、レストランといった色とりどりの看板やネオンも輝きだす。ライトの下を、ぴっちりとしたスーツを着た金髪のホストと露出度の高いキャバ嬢がうろつく。京都ではよく知られる不夜城は、夜が深まるごとに美しくなる。

たいていの観光客や京都人が思い描く高瀬川の風景は、二条から始まって四条までだけれど、さらに南へ進むとどんな風景になるのだろう？　これまで行ったこともなかったし、考えてみたこともなかった。

だがある日、たまたま生活情報誌で木屋町五条にあるカフェを見つけたことで、ここを探求してみようという気がわいてきた。

「efish」（エフィッシュ）というカフェは木屋町五条にある。とてもおしゃれで、大きな掃き出し窓があり、そこからすぐ近くの鴨川を望めるらしい。雑誌に掲載されていたきれいな写真に魅了されて、わたしは初めて五条大橋をわたって高瀬川沿いを歩いてみることにした。

efishの看板は赤をベースにしていて、黒い線で金魚のマークが描かれている。もちろん目を引かれるのだけれど、目的地に着いてもっと気になったのは、奇妙な看板のほうだった。粗末で単調な丸い白色の電飾看板に「五条楽園」と書かれている。どの雑誌でも新聞でも、そんな地名を見たことはなかった。ただ「楽園」と書いてあるのに、そこには人影すらなく、冷たい空気が流れていた。

わたしはすっかり、本来の目的を忘れていた。魔法にかかったように、五条楽園へと入っていったのだった。

高瀬川の水面にはごみが漂っている。両岸に残された古めかしい建物は、かなりの年月を経ているようだ。大きさだけなら、他の観光エリアと同じくらいある。だが、他の地域が、完全な状態での保存、さらにはもとあったままの状態を見せることに苦心しているのとは違って、ここ五条楽園の古い建物たちはその遍歴《へんれき》をあらわにしていて、何度も改築しているのがうかがえる。時間の流れによって寄せ集められたようなその面持ちは、まるで顔を包帯でぐるぐる巻きにされたまま、物寂しくそこに存在している人々のようだ。

昭和の時代に建てられた洋風の家は、汚れた黄色いレンガの外壁に、奇妙なステンドグラスがはまっていて、女性の絵がびっしりと描かれている。着物の女性、唐服の女性、さらには下着姿の女性まで！　木造の町家には、古い唐破風《からはふ》の屋根が残され、入口には無造作にタイルが張られている。数軒の入口には花見小路《はなみこうじ》のように「お茶屋」の看板、「営業中」と表示された提灯《ちょうちん》がかかっているが、雰囲気がどことなく違う。ここには、お化粧をした美しい芸妓さんや舞妓さんはいない。部屋はどれも古くて汚らしくて、暖簾も汚れている。

人の気配がないので、わたしはこっそりと竹すだれを開けて、中に入ってみた。廃墟なのかどうか、確認したかったのだ。うす暗い玄関の中に、古めかしい真っ赤な絨毯がしいてあって、プラスチック製の屏風《びょうぶ》の前を遮《さえぎ》るように、大きな金魚鉢が一つ置かれているのが見える。赤橙色に光る金魚は、俗っぽさと妖艶《ようえん》な雰囲気を醸し出している。空間全体が静かで、息をしていないかのようで、機械的に泳ぐ金魚たちは、この世で唯一の生き物みたいに見える。

京都のすべての花街と同じく、五条楽園にも大型の歌舞練場があり、舞妓さんたちに歌や舞踊、楽器などの練習の場を提供している。だが、こんなに大きな練習場でも、中へ入ってみるとやはりひっそりとしていて生気がない。

高瀬川沿いに南へ進むと、通り沿いにピンク色のタイルの張られた町家がある。労働者風の男性がその入口に近づくと、すぐに着物を着た年配の女性が慇懃《いんぎん》に挨拶をして中へ案内する。女性は、顔をあげてわたしを見た。その顔に一瞬、驚きと軽蔑の色が浮かんだ。「料亭」の入口を通り過ぎると、男性がちょうど暖簾の外に出てくるところだった。そこへぼうっと、厚化粧の女性が現れた。玄関でお客さんを見送るところだったらしい。容姿は着ていた着物と同じように、古くてくたびれていた。男性のほうは挑発的な目でわたしのことをじろじろと見ると、黄色い前歯をあらわにしてニヤッと笑い、その場を後にした。女性のほうは背を向けるときにたまたまわたしと目が合ったけれど、その目はなんだか疲れきっていた。

ここがどういうところか、だいたい分かった。華やかにお化粧をして、きらきらの笑顔で観光客を引きつけ、手持ちカメラで追いかけられる舞妓さんなどいるわけがない。きれいな格好で、真っ黒の乗用車に乗ってやってくる紳士たちなどいるわけがない。花見小路、宮川町《みやがわちょう》、上七軒《かみしちけん》のような花街に似てこそいるけれど、全然違う。

楽園の中をどのぐらいうろついていたのだろうか。だいぶ疲れてきたので、高瀬川沿いを北に進み、efish に戻った。ガイドブックでアート系にカテゴライズされているこのカフェは、白を基調とした、明るくて現代モダンな建築だ。五条楽園の入口からここまでほんの一分程度にすぎないのに、もうひとつの世界に入りこんだような気になった。

カフェの掃き出し窓から外を眺める。日の光をはね返す、鴨川のさざなみは澄んでいた。五条楽園の高瀬川を漂う紙くず、そして暗い光の底で声もなく、息をこらしてふらふらと泳ぐ赤い金魚たちを思い出した。そしてふいに、このカフェがなぜ「efish」という名前になったのかが分かった。

空がだんだんと暗くなっていく。鴨川の水面はもう見えない。

子どものころ、両親と初めて龍山寺《ロンシャンスー》に遊びに行ったときのことを思い出した。帰り道、うっかり華西街《ホァシージェ》に入ってしまった。欄干《らんかん》の奥にいる、露出度の高い服を着た女性たちが、背後の薄暗くて赤い電球に照らされて、肌には赤い光の輪が差していた。わたしはまばたきもせずそれをじっと見ていたが、母が追いかけてきて、わたしを抱きよせ、「見ちゃダメ！」と言って目をふさいだ。でもわたしは母の指の隙間から、その光景をずっと見ていた。

翌日、大学の研究室で五条楽園の話をしたが、不思議なことに京都出身の若者でさえ、五条楽園の存在を知らなかった。その近所に住んでいると自称する人でさえ、わたしのことを笑い飛ばして言った。「そのへんにもう三十年近く住んでるけど、聞いたことないわ。白日夢でも見てて、ウサギの穴にでも落ちてたんとちゃう?」

シャンテのシフトに入ったときに、たまらず松本さんに聞いてみた。京都で生まれ育った松本さんは、眉をひそめて言った。「女の子はひとりであんなとこ行ったらあかん。あそこは暴力団の総本部があるんやで」

松本さんによると、あのあたりは昔「遊廓」――つまり男性が遊ぶ色街だったが、のちに上七軒のような有名な花街となったのだそうだ。「でも今はな……さびれた風俗街や。もともと三条、四条木屋町で夜の商売したはった人が、おばはんになって、見る影もなくなったらな、五条楽園に行かはって仕事を続けるんや」

あの疲れきった目をした女性と、彼女の古い着物がまた目に浮かんできた。楽園でのことは、歳月とともにすべて消えてしまい、覚えている人などいるわけがないのだろう。でも、ここには確かに人や物が存在している。どうして誰も知らないのだろう?

ウサギの穴に落ちたアリスは、おそらく穴の中の不思議な光景を一生忘れない。

ある晩、警告も聞かずにわたしはまた五条楽園へ飛び込んだ。

夜の五条楽園は提灯に灯りがともっていて、さらに妖《あや》しさを増していた。年配の女性が、木屋町四条や三条のホストのように、料亭や旅館、茶屋の入口に立って客引きをしているが、そのつやを失った着物が俗っぽくて時代遅れの映画のようで過ぎゆく時を感じさせ、いたたまれない気分にさせられた。

歌舞練場の入口に、何足も靴が脱ぎ捨てられている。窓ガラスにライトと人影が映っていたので、吸いよせられるように中へ入っていった。だが、目の前の光景に戸惑ってしまった。まったく理解できなかったのだ。時代がかったしつらえ、大きな古めかしい屏風のある舞台の上にいたのは、きれいな着物をきて、かんざしや髪飾りをつけた舞妓さんでもなく、黒髪のかつらをつけた芸妓さんでもなく、コスプレをしたアニメオタクたちだった。非現実的なあらゆる色に髪を染めていて、二次元の世界を熱心に演じている。

わたしはその中の『美少女戦士セーラームーン』に扮した女の子に質問をした。「ここは舞妓さんが歌や踊りを練習する場所ではないのですか?」女の子はアニメ声でこう答えてくれた。「知らんわ。ここ安いって聞いたし、同好会で借りて使ってるだけ。あんた、コスプレもせんと来たん?」

この夜、わたしはさらに五条楽園に魅了されてしまったようだった。当時、インターネット上に五条楽園に関する記事は本当にごくわずかだった。かなり探したが、資料らしい資料は見つからなかった。わたしは自分の本来の勉強よりも熱心に図書館に通い詰めた。あの場所がいったいどういうわけで今のようになったのかを知りたかった。

松本さんが言っていた通り、五条楽園は一七〇六年に「遊廓」、つまり遊女たちを集めた場所として開かれ、大正時代にはすでに京都最大の風俗街となっていた。ところが戦後、売春防止法が施行されたことをきっかけに、この地区の人々は努力を重ね、風俗街から芸妓街への転身を図った。経営者らはこぞって女性たちに舞踊、華道、茶道を習いに行かせ、さらにはお金を出し合って歌舞練場を作り、そこで練習をさせた。そして、五条楽園の看板を掲げたのだった。

だが、どんなに懸命になって街をよくしようとしても、やってくる男性たちは女性を買うのが目的なので、芸妓たちの歌や踊りをまるで相手にしなかった。女性たちが歌や踊りを披露しても、誰も見る人はおらず、ケンカをする者、騒ぐ者、大酒を飲む者ばかりだったそうだ。店も店で、口では買春目当ての客を固くお断りするものの、一方で「お茶屋から旅館へと〝座敷〟を移すことも可能だし、恋愛は自由だから、ここで〝愛〟が生まれても干渉はしない」と言っていたと、『京の花街』という本に書かれていた。

「恋愛自由」をもっともらしい口実にしていたので、いくら歌や踊りに努力を重ね、茶道や華道を習ったところで、五条楽園は結局生まれ変わることはできず、微妙な形で元々の商売を続けることとなった。だから、五条楽園で働く女性は、確かに芸妓に似たなにかであり、それは彼女たちが必ず着物をきているゆえんでもある。安い着物をきていることで、かえって彼女たちは時代にそぐわないように映ってしまうけれど。

わたしは隠れて五条楽園の研究をしていたが、ある日ばれてしまった。

研究室にいたところ、フランス語専攻で本好きの年下の男の子がわたしにこっそり言ってきた。「京大生の童貞男のほとんどが、五条楽園で喪失してるらしいですよ……」これには驚いた！　単純に話題にしづらいというのもあるが、超真面目で本好きの人物からの情報だということも信じられなかった。

「どうしてそんなこと知ってるの？」と聞かずにはいられなかった。ステレオタイプから出てきた憶測のようだったからだ。京大生は融通が利かない、恋愛経験が少ない。だから……つまり、そういうこと。

「何でも……あそこは安いからって……男同士やと、こういう話が口コミでまわってくるんですよ」わたしよりも五歳年下の博士課程の学生がもっともらしく話す。

「え、じゃあ……」言い終わる前に、間髪をいれず返事がかぶさって来た。

「ぼくは無理です。ちゃんとした恋愛がしたいんで」彼はそう言い終えると、固くうなずくことも忘れなかった。

恋愛？　思わず吹き出してしまった。

その後もよく高瀬川沿いを南に行き、五条楽園のあの寂しげな古い建物を見にいっていた。本の中には見つけられなかった、ありし日のことを想像していたのだった。ある日、着物姿の女性がお茶屋を出て、歌舞練場へと向かうのを見かけた。見た目は芸妓だが、やはり歌や踊りを練習しないとだめなのだろうか？　女性は着物姿にもかかわらず、指が見えるハイヒールを履いていた。

数年後にまた京都に戻ったとき、わたしはひとりの観光客となっていた。記憶をたよりに、再び木屋町五条を訪れる。efish の赤い看板に書かれた黒い魚のマークを目印にする。もう一方の端っこにあった、うす汚れた、五条楽園の看板がない！　もっと、もっと驚いたのは、入口の古い建物も取り壊されて、駐車場になっていたことだった。高瀬川沿いにあったお茶屋や旅館は、竹すだれが降りたままで、提灯は取り外されており、営業を停止していた。わたしが初めて見た、金魚がいるあのお茶屋さんの外壁は、なんと新しいタイルに張り替えられていて、黒で書かれた木製の看板はピンク色のアクリル板に変わっていて、さらにちぐはぐな感じになっていた。巨大な古い町家の旅館「三友《さんゆう》楼《ろう》」と歌舞練場はどちらもまだ建物は健在だったが、門や窓は閉まっていて、提灯も外されていた。

efish に戻って、店員さんから事情を聞いた。少し前に、五条楽園のお茶屋や料亭は看板を偽って営業していて、実際は売春に使用していたとして検挙され、店舗の経営者も捕まったらしい。五条楽園の看板も撤去、その他のお店も営業停止を余儀《よぎ》なくされることとなった。

「とはいえ、もともとそれほど儲かってないですよ。全部カフェにでもなったら、競争相手が一気に増えてしまいますね」店員さんは笑いながらそう言った。

カフェの外の高瀬川は、なおもさらさらと流れている。でも「五条楽園」という名はすっかり消えてしまった。

歴史情緒にあふれる古い建物はまだ健在だが、あとどのくらい立っているかは分からない。もっとも、五条楽園はずっと認可されていないから、みんなに紹介されることもない。かつてより存在していたけれど、知られることもなかったのだ。

でも、だからこそ五条楽園がわたしの穴場となったのだ。

着物フェチの坊主

「地球上の生き物は、ぼくにとって二種類にしか分けられへんねん。それは、食えるか、食われへんか」繊細で細身の寺内君が、一口ずつケーキを食べながら、仲良しの友達イマリからの、花見の誘いを真面目に断った。寺内君にとって、「花は食われへんし、見たってしゃあない」のだそうだ。だから、動物園や水族館にも行かない。動物たちが視界に入ると、「どないして食べよか」といった類《たぐい》の問題しか考えられないらしい。

イマリは寺内君を食事に誘って、割り勘にすることが多い。それは寺内君が食べることにかけてはこの上なく熱心で、食事の約束ならふたつ返事で参加してくれるからだ。食べること以外では、イマリはいつもあいつは馬鹿だ、IQ低すぎだ、などとボロクソに言っている。特にさっきのような発言が出るときなどは、よくそんなふうに言っていた。「あいつの友達としての機能は、お会計の分母のひとりにしかすぎひんねん」イマリの酷評を耳にしても、寺内君はいつもへらへらと笑っているだけだ。

寺内君はわたしより一回り年下だ。しかも、いつも非常識な発言をするから、一緒に食事する以外に、わたしたちはほとんど交流がなかった。でもいつのまにか仲良くなっていたのは、たまたまもう一つ、共通の趣味があることを発見したからだろう。

京都に来たばかりの住まいの最寄りのバス停は、東大路通の妙傳寺《みょうでんじ》の前だった。妙傳寺の広くて大きな屋根、そして巨大な日蓮上人像《にちれんしょうにんぞう》はとても印象深かった。ただ、そこを毎日行き来していたけれど、中に入ってみようとは思ってもみなかった。京都はお寺がとても多い。ここはおそらく雑誌に掲載されているような有名なところでもないし、拝観料もないということは、入ってみる価値もないのかなと思っていた。

ある日、帰り道に偶然、寺内君の後ろ姿を見つけた。妙傳寺に入ろうとしている。「寺内君、何してるの?」わたしが大声で呼ぶと、振り向きざまににっこりと笑って、「こんなかに、めっちゃきれいなもんがあんねん」と言った。

わたしはわけありげな寺内君について行った。そしてついに、いつもは通り過ぎるだけのお寺の中へと足を踏み入れることになった。門をくぐると、広い和室が見える。十数畳もある畳の間《ま》にはきれいな着物と帯が並べられていて、周囲には鏡がたくさん立てかけられている。

「ここ着付け教室やねん。ええやろ？」食べ物以外で寺内君の目が光るのを、わたしは初めて見た。着物姿の女性がやってくる。後ろから、普段着の若い女性たちがついてきた。着付けの授業を受けに来ているのだった。寺内君、そしてわたしも女性たちから「どうぞ出ていってください」という顔をされ、すぐにわたしたちの目の前で障子が閉められた。

「いつもここで着物をきるのを見てるの？　本当に？」寺内君は確かに普通の男の子ではないが、本当にそうするなんて信じられなかった。「せやで。せやからここでバイトしてんねん」「え？」自分の耳を疑った。

「先に仕事して、あとでまた来て、着付けが終わった着物美人を見んねん」そう言うと、お寺の本堂に入って、袈裟《けさ》を着て、数珠《じゅず》をはめた。「お庭の掃除に来てるんじゃないの？」いわゆるバイトって、こういう類のものじゃないの？「ちゃうで。人手不足やから、法事でお経あげるお手伝いしてんねん。せやけどきれいな着物女性見んのは、確かに大きな動機やな」この日、いつもぼーっとしていて、不思議キャラの寺内君が、実は大阪のあるお寺の跡継《あとつ》ぎだということを知った。お寺の家に長男として生まれた彼は、高校から京都に出てきて勉強していた。佛教《ぶっきょう》大学に入学し、卒業後は大阪に戻って家業を継ぐことになっていた。ところが、寺内君は大学の授業をさぼって卒業せず、しかも家族との連絡を断って、京都のあちこちでアルバイトをして自活していたのだった。彼によれば、生まれながらにして僧侶になることが決まっていて、ずっとお寺の中で育った。でも残りの半生を寺を守るのになんか使いたくないのだそうだ。「逃げるにしても、なんで遠くに逃げないの。なんであちこちお寺だらけの京都にいるの？」わたしにはまったく理解できなかった。

「なんでかって？」寺内君はぽかんとした様子で頭をぽりぽりとかいた。これまでそんなことを考えたことがなかったらしい。「たぶん、京都には美味しいもんがぎょうさんあるしかな……あと、バイトしやすいし。ああ、着物の美女が街にぎょうさんおるしかも」

この偶然の出会いから、わたしも妙傳寺の着付け教室に申し込むことになった。着付けはずっと学びたいと思っていた（草履まで購入していたのだ）けれど、残念なことにそのチャンスがなかった。

「着付けの勉強には広い和室が必要やねん。白い足袋穿いて畳歩いたら、サッサッって擦れる音が出るやろ。ほとんど裁断されてへん着物やって、蝶々みたいに広げられるやん。お尻のほうから上半身に沿ってすーっとな。『ＳＡＹＵＲＩ』っていう映画の中の、着物をかけておいて、両手を伸ばす着かた。あんなん着くずれてまうわ」寺内君はもっともらしく、着付けを勉強するなら絶対に妙傳寺が良いと強くすすめてくれた。「市内のあんな狭い空間しかない教室はどこもあかんわ」

寺内君のたとえはちょっとわかりにくかったが、リアリティがあって心を打たれた。数日後、お寺での授業に出て、ようやく腑《ふ》に落ちた。足袋を穿いて畳の上を歩くときのサッサッという音を聞くと、確かに何となく不思議な美しさを感じられるのだ。

妙傳寺で借りた着物と自分の草履を履いて、わたしは他の受講者たちとお寺の庭で写真を撮った。そのとき、なんと寺内君がさっそうと現れて、熱心に写真を撮ってくれた。でも画素数の低い携帯電話でだった。「ぼく、ずっと写真撮りたかってん。宋さんのおかげでようやっと堂々と撮影できますわ」寺内君は写真を撮りながら、ぶつぶつ言っていた。これがもし若くてしゅっとしてなかったら、痴漢だと思われていただろう。

着物をきるとき、背に帯枕《おびまくら》を当てて、硬い帯をしっかりと締める。自然と腰がまっすぐに、歩き方もいつのまにか軽やかになってくる。ふんわりと揺れる袖、美しい着物の柄《がら》は庭の草花に映《は》えて美しい。日本女性はどうしてあれほど着物に魅了され、成人の日に大金を惜しまずつぎ込んで振袖を求めるのか。それこそ、このふんわりとした美しい感覚に尽きるだろう。洋服を着るのとは比べものにならない。

寺内君の話によれば、もともとは京都生まれの京女だけが舞妓になれる資格があった。でも舞妓をやりたいという京女がどんどん少なくなっていったので、上七軒のお茶屋はみんな、ネットで募集するようになっているのだそうだ。はるばる北京から、中国人の少女が、お茶屋のお母さん宛てに、京都に行って舞妓になるための勉強をしたいという手紙を送ってきたこともあったとか。ただ一日中きれいな「着物」を着て、古都で美しい生活をし、美しく老いたいというだけのために。

この話が本当かどうかは分からない。寺内君がちょっと聞きかじった話なのかもしれない。でもわたしは美しい衣装のために生きるという心境を理解できる。着物を初めて体験したわたしは、ほぼ毎日のように出かけては古着の着物店をめぐり、きれいで、安い着物を探しまわった。特に毎月二十五日にある、北野天満宮での天神市には必ず足を運んだ。

着物のとりこになっている寺内君は、舞妓さんが公式に出席するイベントならどんなに小さなものでもすべて把握していて、チャンスさえあれば必ず参加していた。しかもわたしに誘いのショートメールを送ってくることも忘れなかった。わたしたちは「着物フェチ」だったからだ。寺内君と高瀬川の一之《いちの》船入《ふないり》（高瀬川の水運の起点）で開かれる舟まつりを見にいって、高瀬舟に乗った舞妓さんを観賞しただけではあきたらず、節分祭では、傘を持って芸妓さんと舞妓さんが投げるお餅を受け取りもした。着物姿におしろいを塗った女性に近づくことはできない。遠くから撮影するだけなのに、寺内君はいつもモーニング娘。のファンのように、その目でアイドルを拝めたがゆえの異常な興奮ぶりを見せていた。

二月の初めのことだった。わたしは寺内君から、二月二十五日に行われる梅花祭に誘われた。「梅の花がちょうど満開の頃やし、プロ用のカメラ持って行って写真撮った方がええで」（北野天満宮は日本の学問の神様である菅原道真が祀られていて、庭園には寺内君が一番好きな梅の花がたくさん植わっている。二月二十五日は道真公の亡くなった日で、ちょうど梅の花が満開になる頃でもあるので、この日に梅花祭が盛大に開かれる）寺内君って本当に変わってる！　ずっと「花は食われへん」と言っていたはずなのに、こういうお祭り――純粋なお花見に彼が参加するとは。

でも現場に着くなり、わたしは寺内君の言っていたことがよく分かった。彼はそもそもお花見などするつもりはなかった。本当の目的は「北野大茶湯《おおちゃのゆ》」という茶会にあったのだ。この日は上七軒の芸妓さんと舞妓さんたちがおかみさんに連れられて登場し、事前に茶湯《ちゃとう》券を購入していたお客に抹茶を点《た》ててくれる。当然ながら、寺内君が彼女たちと近づくチャンスを逃すはずはなかった。とっくにわたしの分まで茶湯券を買っていてくれていた。寺内君はカメラを持っていないので、お花見という名目でわたしのプロ用の撮影機器を持ってこさせて、代わりに舞妓さんの華やかな姿を撮影させせようとしたのだ。

赤の毛氈《もうせん》に正座して待っている間、寺内君の視線は行き来する舞妓さんを追ってきょろきょろしていた。果ては手を合わせてお祈りまでしはじめた。それは自分にお茶を点ててくれるのがかつらの芸妓さんではなく、きれいで、髪飾りをたくさんつけた若い舞妓さんでありますように、というものだった。寺内君は青と黄の着物を着た可愛い舞妓さんを指さして、望遠レンズで彼女の写真をたくさん撮るようわたしに指示した。「あの子が点ててくれた抹茶が飲めんねやったら、死んでもええ」寺内君はそう言いながら胸に手を当てた。

わたしたちの順番になり、茶席に正座しておもてなしを受けるときになって、奇跡が本当に起きた。寺内君いちおしの舞妓さんが、なんと彼の目の前に来たのだ。お茶を点てて、お茶碗を持ちあげると、目の前に両手で差し出し、お辞儀をする。それから寺内君にほほ笑んだ。そこで彼は完全に固まってしまった。この様子をにやにやしながら見ていたが、寺内君は誰かにちょっとでも触れられたら、あっという間にこなごなになってしまいそうだった。

最終的に寺内君がどうやってあのお茶を飲みほしたのか、撮影という任務に忙しく、わたしはまったく覚えていなかった。我に返ったときには、寺内君はさっき舞妓さんからいただいた和菓子を握りしめて、ぼーっとした様子でわたしの後について梅苑《ばいえん》へと進んでいた。

寒空の下、枝にたくさんついている梅の花のつぼみは、さながら満天の星のようで、甘い香りを発していた。「いい香り！」はじめてこの目で梅の花を見たわたしは、興奮してずっとシャッターをきりつづけた。「ほんまにええ匂いやなあ！」寺内君は息を吸い込むと、うっとりと返事した。もちろん、彼のいう匂いとは、さっき目の前にひざまずいてくれた舞妓さんのことである。それから、寺内君は和菓子をしっかりと包んで、上着のポケットに入れた。もったいないので一生食べないのだという。それから梅の木に寄りかかって、写真を撮ってほしいとせがんだ。「今日はええ記念になったわ。記念写真撮ってくれへんか」わたしは、どうして着物の女性に魅了されるのか尋ねた。ひとしきり考えた後、寺内君は真面目な顔をしてこう答えた。「じつは、きっと舞妓さんがきっっかけなんやろうな。京都に来た日から、もうはまってたわ。舞妓さんたちの長いながい帯が床に垂れてるのんと、首の後ろのおしろい塗ってへん肌がめっちゃ可愛い。頭のかんざしなんか揺れたら、心臓ばくばくすんねん」そう言いながら、彼はまた胸に手を当てた。

寺内君は撮影した舞妓さんの写真をじっくりと確認した後、お礼にと、わたしを連れて中古の着物屋さんへいった。長いこと、どの帯がいいか決めかねていると、中年の店長がわたしたちを見て不思議に思ったのか、寺内君にこう尋ねた。「兄ちゃん、こちらはあんたの姉ちゃんか？」「ちゃうわ、外国人やねん。梅苑の梅の花と同郷や」寺内君はわたしに説明することも忘れなかった。あの梅の花は大昔、中国から海を渡ってやってきて、北野天満宮に植えられたのだと。

「そうか。ほな今日そちらさんが梅の花を見に来はったのんは、郷愁ってやつやな。日本人が海外で桜の花を見んのんとおんなじようなもんか」店長が笑いながらわたしに言った。

「ええっと……わたしは台湾から来たので、梅の花を見るのははじめてで……」寺内君は、わたしが雪の降らない島からやってきたということをよく分かっていなかったらしい。

店長はそれを聞いて申し訳なさそうな顔をして振り向き、黒い大きな袋をわたしに手渡してくれた。「ごめんなあ、ねえちゃん。ほなこうしよ。もう遅いし、この袋の中に詰めてな。全部あんたにやるわ。二千円でええ。着物好きな外国人の女の子なんて、えらい珍しわ」それを聞くなり、寺内君はいいと思った着物、帯、羽織を全部、狂ったように袋に詰めて、最後に二千円を払ってくれた。

大きな袋に詰まった着物はとっても、とっても重たかった。二人で力を合わせて持ち上げて、自転車のかごに詰めて紐でしばり、自転車を押して東山二条まで戻った。この日は、二時間近く歩いて家に帰った。道すがら、寺内君はいろんな話をしてくれた。何が何でも京都にいたいのは、ここがひとりで生活するにはちょうどいい都市だからなのだそうだ。わたしはこの着物のお金を払おうとした。アルバイト生活はかなり大変だし、二人で三千円もする茶湯券まで買ってくれたのだから。でも寺内君はどうしても受け取ってくれなかった。自分はアホだし、物知りでもない。だから話すとよく人を怒らせてしまうのだと言った。そして、わたしのような友達ができてとっても嬉しいと言ってくれた。わたしは彼の数少ない理解者なのだそうだ。申し訳なく思った。本当に寺内君のこと、分かってるのかな？

翌日、寺内君がUSBを持って家にきた。舞妓さんたちの写真を全部コピーして帰るためだ。彼はその写真をカードやテレホンカードにして持ち歩くつもりだった。

「できあがったら、宋さんに見せたるな」でもこの後、寺内君の行方は分からなくなってしまった。

イマリに聞いても、ため息をついてこう言うだけだった。「あのアホ、人力車夫になってんけど、大阪の親戚に見つかってん。ちょっと前にご両親が来て大阪に連れ戻されて、家のお寺さん継いでんやって」

携帯電話も止められてしまったようだ。誰も寺内君と連絡が取れなくなってしまった。寺内君が二千円で買ってくれた着物の入った大きな袋は、一万台湾ドル（約三万円）の送料をかけて、わたしと一緒に台湾に帰ったのだった。

古都の恋愛神社

恋占いの石

　地主神社《じしゅじんじゃ》には一対の恋占いの石がある。目を閉じたまま一方の石からもう片方の石までたどり着くことができれば、恋の願いは成就するというものだ。

「京都に行く前に、籍を入れておきたいの」猫のように大きな目をした美恵《メイフィ》が、頬に深いえくぼを作って、指にはめた婚約指輪を見せて言った。わたしたちの初対面の場所は、日本留学の説明会の会場だった。

　活発で積極的な美恵は、孤独になるのが恐くて、京都に行ったら、たぶん日本人の彼をとっかえひっかえ作ってしまうだろうと思った。だから留学の準備をするかたわら、台湾人の彼と婚約し、こまごまとしたことであれこれ奔走《ほんそう》していた。でも、それは正しかったのかもしれない。確かに、彼女は誰からも愛されるタイプだったから。

京都に来てから、美恵に会うことはほとんどなかった。休暇になれば、美恵は台湾に飛んで帰った。結婚式の準備に忙しいらしい。半年も過ぎた頃だろうか、大家の土田さんのご好意で、美恵も土田ハイツに越してきて、わたしの部屋の上の階に住むことになった。

一年のほぼ半分を台湾で過ごしていたので、美恵は大きな家具を一切買っていなかったし、電話すら引いていなかった。でもインターネットで彼と話がしたい、ということで、美恵は長いながいケーブルを買ってきて、自分の部屋の窓からわたしの部屋まで垂らし、わたしのモデムにつなげた。それで、どんなに寒い日でも、わたしの部屋の窓はいつもわずかな隙間があって、きっちり閉じることができなくなった。

真下の階に住んでいたが、実際のところ、美恵をほとんど見かけることがなかった。いったい彼女がどこにいるのかもわからなかった。しかしある週末の午後、なんと美恵が我が家にやってきた。

「あれ、いつ戻ってきたの?」上の階で物音が聞こえた記憶がなかったし、部屋の明かりがついていたのも気がつかなかった。だから美恵が急に現れたような感じがしたのだ。

「ちょっと、外の排水溝の蓋《ふた》を開けるの、手伝ってくれないかな」美恵の顔はだいぶ落ち込んでいた。大きな目から、今にも涙がこぼれ落ちそうになっている。「えっ？」これは例のラプンツェル式のネット共有に続く、だいぶ変わった協力要請だった。

美恵は家にいた。常にイヤホンを装着して、婚約者とネット通話をしていた。もちろんバスルームでも外さなかった。だがシャワーを終えたとき、うっかりそばに置いていた婚約指輪をシャワーの水と一緒に流してしまった。いろいろな道具を使って取ろうとしたものの、無駄なあがきだった。

「何時間か水を流し続けたから、指輪はとっくに一階の下水道まで流れてるはずなのよ。でも蓋を開けられなくて。だから助けて」わたしは、事はそんなに簡単じゃないだろうと思いつつも、彼女に従うことにした。大家さんが不在だったので、入口の下水道の蓋を勝手に開けて、美恵に探させたのだった。

でも、当然ながら見つからなかった。美恵は泣きながら部屋に戻った。

数日後、美恵がまたわたしの家にやってきた。でも今回は満面の笑みだった。しかも胸にはなんと婚約指輪がかかっているではないか。「新しいの買ったの？」「ううん、神様のお告げよ」美恵によれば、彼女は地主神社へ行っておみくじを引いたのだそうだ。そのとき、指輪の行方を尋ねながら引いたところ、大吉が出たそうだ。帰宅して、なんとなく入口の下水道の中で、何かが呼んでいるような気がしたので開けてみたら、婚約指輪がキラキラと光っていたのだという。

美恵は続けた。京都に来たばかりの頃は、地主神社の恋占いの石は素通りしていたけれど、今回の奇跡があったことで、台湾で決めた結婚は完全なる良縁だったのだとさらに確信したという。そして、二度となくさないように、婚約指輪を首からさげることにしたのだった。

その後、美恵の姿をまた見かけなくなった。新年も過ぎたある雪の日の夜、美恵から結婚写真を受け取って、ようやく理由が分かった。台湾に帰って式を挙げていたのだった。

さらに三か月が経った。人妻となった美恵がハネムーンを終えて、喜餅《シービン》（結婚の際に新婦側が配るお菓子）を持って京都へ戻ってきた。そしてうれしそうにこう宣言した。「これからは何度も台湾に戻りません。すべて片づいたので」新学期も始まろうとしていた。美恵はこれからは楽しく暮らせると言い、わたしとお花見に行く約束までしてくれた。「一緒に京都で遊ぼうね」

ニュースでは、京都の桜の開花予想は三月三十一日と報じられていた。ところが四月一日になっても、市内は真冬に逆戻りしたかのような寒さで、つぼみさえわずかしか見ることができなかった。テレビのどのトーク番組でも、この予想はそもそもエイプリルフールの笑い話だったんだとこき下ろされていた。湿った冷たい空気がしばらく続いたところで、階上の乙女はまたも結婚前の悲しげな状態に逆戻りしてしまった。あらゆる誘いを拒否し、完全に引きこもって、一日中パソコンに向かって新婚の夫にぶつぶつ話しかけていた。

「すごく寂しいよ。わたし、思ってたより強くなかった」寝巻きのままの美恵は憔悴しきっていた。夫とネット通話で話した後はさらに孤独を感じて、階下のわたしを呼んでおしゃべりするのだった。

四月もすこし過ぎて、鴨川近くの桜に新芽とつぼみがつき始めた。でも花はまだ咲かない。春はまだやってこないのだった。日本全国で、この史上最も遅い桜の開花はいったいいつになるのだろうかと待ちわびていた。よりによってこの頃、美恵は半年も住んでいない土田ハイツから引っ越す決意をしていた。理由は、大家の土田さんが気に入らないというものだった。

というのも、夫は仕事があって京都で一緒にはいられないので、美恵は両親を呼び寄せて三か月住んでもらおうとした。ところが土田さんに反対されたのだそうだ。独身アパートの契約では、二人以上での長期の同居は禁止と明言されているからだった。美恵は感情的になって、大家さんにこう言った。「でもわたし、毎日寂しくて泣いてるんですよ……」

「あいつ、とんでもない奴だわ！」美恵の綺麗で大きな目には涙がいっぱい溜まっていた。家族と会ってホームシックを解消しようという美しい計画は、無情にも阻《はば》まれてしまったのだった。

「でもさ、六畳ぐらいの部屋に、三人でどうやって三か月も生活するの？」同情こそすれ、わたしはやっぱり冷静だった。

「自分で何とかしてみる。ひとりぼっちで夏までここにいるなんて無理。両親と一緒に春を過ごしたいの。夏休みになったらすぐ台湾に戻る」

美恵の張りつめた気持ちに同調するかのように、盆地である京都の気温も、谷底にあったのが二十五度まで急上昇し、うっとうしい夏日になった。桜は一夜のうちに咲き、世の中は花ざかりになり、日の光も燦々《さんさん》と輝くようになった。わたしは美恵を連れて、近くの疏水沿いで桜を観賞した。はらはらと幻想的に散っていく光景に、少し平静を取り戻した美恵は言った。「きれいだね。お父さんとお母さんを早く連れてきて、一緒にお花見したいなあ」

美恵は引っ越した。家財道具はそう多くなかったから、部屋はすぐに空っぽになった。でも桜が散り始めても、美恵と家族が桜を見ている姿を見かけることはなかった。時が過ぎて、彼女のこともわたしの生活の中から薄れていった。

その後、美恵は離婚したそうだ。

清水の舞台

「清水の舞台から飛び降りる」という日本のたとえがある。願い事をした後、清水の舞台から飛び降りて、もし無傷でいられたらその願いはかなうというものだが、転じて死ぬ気で物事を決断するという意味になる。たいていは誰かを励ます時に「必死の覚悟を持って、物事を行う決断をしなさい」という意味で使われる。

「地主神社のおみくじに、『清水の舞台から飛び降りる決心をしなさい』って書かれてた」向前《シャンチェン》は恋愛で悩み事があれば、いつも地主神社に行っておみくじを引いて、答えを求めていた。このたびの神のお告げは、「必死の覚悟を持って進め」だった。

向前はこれまで勇敢に突き進むタイプではまったくなく、あらゆることに対して常に優柔不断だった。でも今回の恋愛では、思いがけず固い決意を見せた。

向前は博士課程に在籍している台湾出身の雯雯《ウェンウェン》を好きになった。ただし雯雯はアメリカに留学中の彼がいて、すでに二人は婚約中だった。博士号を取ったら、雯雯は彼と二人で台湾に帰って結婚することになっていた。向前はこのことを全部知っていたが、やっぱり諦められず、いつも雯雯と遊びに出かけたり、ご飯を食べたり、お茶の約束をしたりしていた。あげくの果てに、いろいろプレゼントを買っては彼女に渡していた。彼女は向前のふるまいをすべて受け入れていたが、婚約者への思いを隠す気はさらさらなかった。

「向前、あんたバカじゃないの」友達はみんな忠告した。気持ちにしたって、物にしたって、後には何も残らない。水に流されておしまいだ。それなのに、向前はまるで意に介さなかった。雯雯のことを自分の運命の人だと思っていたし、何といっても地主神社に「清水の舞台から飛び降りなさい」と言われたのだから。

ここまで強い信念を持った片思いに、わたしもただただ唖然とするだけだった。もっと理解できなかったのは、どうして地主神社のおみくじをそこまで信用するのかということだった。向前は笑いながら言った。「地主神社はオレの専門医のようなもんなんだよ。恋の迷い専門で治してくれるんだ」だがどういう決意をしていたにせよ、雯雯の彼はとうとう京都へやって来て、雯雯のマンションに住むことになった。そして卒業を待って、一緒に台湾に戻り、予定通り結婚した。

向前はあっさり失恋した。誰もまた地主神社に行っておみくじを引いたのか聞けなかった。

新学期が始まった。向前は新入生で新疆《しんきょう》ウイグル自治区出身の娟娟《ジュアンジュアン》に恋をした。娟娟はとても可愛らしくて、男性陣はみんな彼女に惹かれていたが、娟娟は意志のはっきりしない向前のことを気に入っていた。

地主神社にお伺いに行ったのかは分からないが、向前はこの可愛らしい女性からの求愛を受け入れて、恋に落ちた。ただ悩ましいことに、この子はいつもかんしゃくを起こしていて、向前はたいていどうしていいのか分からずにいた。二人は雨の中でも、雪の中でも、いつでも狂ったように追いかけっこをするというお芝居を演じていた。

「オレたち合わないんだよ。でも、どうしても未練が残っちゃって。辛いよ」向前は、どうしようもない状態に陥っていた。

「わたしだって、どうしたらいいのかなんて分かるわけないでしょ」そもそも、愛とは難しい問題なのだ。どうするのが一番よいのか、誰もアドバイスできるはずがなかった。

「よし。地主神社に聞きにいくしかない」向前は自分で答えを出した。

「そうね。京都にいる向前が、すべて順調でありますように。地主神社さん、今回こそよい効果のあるおみくじをくださいますように」わたしはそんなふうに、陰ながら祈っていた。

何度かくっついたり、離れたりした後、彼らは結局別れた。

向前は後にキリスト教徒になった。そんな向前が言うには、これまでの自分は優柔不断で、困ったときだけ「神様に問うて」いたが、それは「自分によりどころとお導きを与えるため」にすぎなかったらしい。

祇園祭の儀式

「一緒に祇園祭行かへん？」これは、京都の男性が女性に告白するときの台詞なのだそうだ。

小美《シャオメイ》は両親に溺愛されて育った。留学にあたって、両親は知り合いのご夫婦まで京都に連れてきた。さらには京都に来てすべての家具、家電の手配を手伝い、一緒に何日も遊び、小美が十分に環境に慣れた後に帰っていった。

こんな風だから、ひとり残った小美は孤独をひどく恐れて、常に誰かがそばにいてほしいと思っていた。いつも誰かと食事の約束をしていたし、同郷の人たちの集まりや、遊びに出かけるという話を聞けば、積極的に参加した。ただ、小美は彼氏ができたというのに、やっぱり誰かにそばにいてほしがったので、みんな思わず「あんたの彼氏は？」と聞きたくなった。答えはいつも決まってこうだった。「彼は研究で忙しいの。邪魔したくないのよ」

小美と彼氏の小偉《シャオウェイ》は、同じマンションの上下階に住んでいた。正確に言うと、小美は同じマンションに住む同郷の小偉に恋をした。そして、自分から告白して、ご近所さんが彼氏になったのだった。ただ、はたから見ればかなり変わった彼氏彼女だった。二人はほとんど顔を合わせることがなかったし、友人たちの前に一緒に姿を見せることもごくわずかだったからだ。

ある日の晩、小美から突然、食事の誘いのメールが届いた。ただ、他の同級生には内緒でと念押しされた。

「ねえさん」小美は自分が妹分の立場にあることに慣れっこになっている。それと、この言い方は誰か年上の人に相談したいという暗示でもある。「ねえさん、恋っていったい何だろう?」案の定、小美は大きな目を見開いて壮大な問題を投げてきた。

聞くと、小偉は研究と授業のほうが小美よりも大切だと思っており、二人でなかなか会えない。それで、とても悩んでいるのだという。

「なんでそんな人が好きなの?」わたしは理解できなかった。そんなに冷たいのに、なぜ恋愛関係を続けていたいのだろう?

「そりゃ、彼はすごく優秀だからね」小美は小偉の良いところをこと細かに言った。「研究もよくやってるし、わたしにご飯作ってくれたし、そんなに身長も高過ぎない。立ったらわたしと同じぐらい。単純に、わたしたちピッタリだと思うの。それと、地主神社でおみくじを引くと、全部大吉だから」

それは祇園祭の前日のことだった。小美はわたしたちの手を借りて、小偉と遊びに出かけたいと思った。二人だけだったら、小偉は授業で忙しいことを理由に断るだろうからだ。京都では、男性が思いを寄せる女性に対して祇園祭に誘うことは、愛情表現の儀式でもある。小美は小偉にもそれを経験してもらいたかったのだった。

そこで、わたしが言い出しっぺとなり、小偉を誘うことになった。その日、小偉は心から楽しそうに小美と一緒に現れた。浴衣を着た学生たちと一緒に、みんなで笑いながら祇園祭を楽しんだ。

街は人でごった返していて、鮮やかで美しい浴衣姿の女性たちや、恋人たちがしっかりと手をつなぎ、山鉾の間を行き来するのをあちこちで見ることができた。まさに、美しき青春の日の夏祭りだ。

ふと途中で振り返ると、わたしたちのだいぶ後方に小美と小偉がいるのが見えた。人々の隙間からのぞいてみると、小美が小偉に何か言ったのだろうか、小偉が急に顔をくもらせた。それから身をひるがえして、その場から去っていった。残された小美はその場に立ちつくし、なすすべもなく、去っていく後ろ姿をじっと見ているだけだった。人ごみは絶えまなく通り過ぎていく。小美は大通りで道に迷ってしまった少女のようだった。

わたしはみんなの注意をあえてそらし、下駄の鼻緒が当たって痛いから休憩したい。先にあっちのカフェに行って待ってて、と言った。みんなは、ガヤガヤと前方に移動した。わたしはメールを小美に送った。わたしたち、先にお茶してるからね。あとで合流して。

小美がようやくお店に来た。当然、小美はひとりぼっちだった。

「彼はどうしたの?」

小美は口角をあげて、いつものように笑った。「小偉、急に研究計画書を書かなきゃって思い立って、先に帰ったんだ」小美は頑張って軽く話したが、それは自分に言い聞かせているようにも聞こえた。

全国にある地主神社はそこの地主神が祀られているが、普通は神社の境内や寺院の近くに、神社の一部や寺院の鎮守社《ちんじゅしゃ》として建てられる一番小さな神社だ。祀られているのは大国主命《おおくにぬしのみこと》、つまりは建国、農業、商業と医療の神様である。

雪の降る、寒い夜のことだった。わたしは松本さんとシャンテのシフトに入っていた。夜になって、お客さんもほとんど来なくなると、二人で店内のあらゆる雑誌をめくっていた。それでも時間が有り余っていたので、おしゃべりするしかなかった。

「清水寺の地主神社の恋占いって、本当にご利益《りやく》あるんですか?」わたしは留学生たちの、地主神社の愛の神託《しんたく》を固く信じて疑わない様子を思い出して、良縁祈願は本当に本当なのかを京都で六十年ほど暮らす大先輩に聞いてみた。

「ああ、あれな。全部うそやで」松本さんはやれやれとため息をついて、説明してくれた。地主神社というのは、本来はそこの地主神が祀られているもので、普通は境内で一番小さな神社なのだそうだ。祀られるのは大国主命、つまりは建国、農業、商業や医療の神様で、縁結びとも関係はあるが、この「縁」というのは人と人の間の縁で、男女間に限ったものではない。「どうして最終的に、女性に歓迎される恋愛の神様になったのですか?」松本さんはお茶を一口すすると、さらにこう続けた。「一般の信徒、観光客が清水寺に入ったら、誰もあの小《ち》っさな神社に行ってぱっとせん地主神になんてお参りしいひんやろ？　人気取りのためや。お寺さんが話しあって決めてん。恋愛に悩んでる女のひとを取り込むために、縁結びの縁は男女の縁やと説明して、あの石に『恋占いの石』て名づけて、地下鉄やら、旅行のガイドブックに大々的に広告を打たはったんや……それでゆっくりと、地主神社は恋愛の神社になってもうてん。えらい儲かったんとちゃうかな。はっはっは……」

「松本さんは、どうしてそこまで詳しいのですか？」にわかには信じられなかった。松本さんも、誰かから聞いてきたのだろうか？

「そりゃわしが昔、京都の信用金庫で仕事してたからや。入ってすぐ清水寺の賽銭箱の回収担当になってん。話し合いのとき、その場におったし」

なんと！　国内外問わず名高い、地主神社の良縁祈願、恋占いはそもそもマーケティングによる産物だったとは。

松本さんは、京都のお寺は高い拝観料を取ってんのに納税してへん、大儲けしたはるお坊さんたちは祇園の花街で遊びまくる……まったく不条理やわ、と批判した。それから京都のお寺の耐えがたい実情をいろいろと教えてくれたが、やはりこの夜いちばんがっかりしたのは、地主神社のことだった。

青春紫芋物語

京都での生活の終わりもいよいよカウントダウンに入り、再び桜の花開く季節がやってきた。テレビや新聞では桜前線の予想が報じられ、日本全国が首を長くして、春の陽気で桜が開花するのを待ち望んでいた。

わたしはニュースを聞きながら、荷造りをしていた。小さな六畳の部屋の中は、半分だけ荷物を詰めたスーツケース、封《ふう》を待つ段ボール、そして友人たちに持っていってもらいたい家財道具、さらにはまだ分類しきれていない大小のお皿などなどで散らかっていた。きっと実際は捨てられないし、封もしたくないのだ。部屋はどうやったって片づかなかった。

桜が満開になる頃、こんな風にわたしはひとり、数十キロもする荷物を持って、この空っぽの小さな部屋に引っ越してきた。ひとりで桜の花の雨を浴びて、大通りから路地を縫って、冷蔵庫、お鍋や台所用品、姿見などの生活用品を、一つずつ自転車に載せて、苦労して運んできた。深夜にひとり、自分の身長より二十センチ以上も高い書棚を組み立てながら、不注意にも棚板に頭をぶつけてしまい、畳の上で悶絶しながら泣いたこともあった。一番のお気に入りだった赤の座椅子。ひとりここに座って、数えきれないほどの夜、晩ご飯を食べた。テレビを見ながら眠ってしまったこともあったし、傷ついた日の夜には、そこで泣きながら寝がえりをうって、鼻水だらけにしたこともあった。

この部屋の中の一つひとつを、わたしが京都でひとり暮らしをしていた証《あかし》として記録することはできないし、かといって捨てることもできない。カバンに詰め込むことだってできない。

感傷に浸《ひた》っていたところに、台湾人の友人が突然やってきたので、近くにあるお店でお茶することにした。手つかずの部屋をいったん放置して、わたしは平安神宮近くにある「ラ・ヴァチュール」に初めて入った。このお店はフランス風のケーキ屋さんで、外観は白壁に青い木枠の窓で、とても優雅な雰囲気を醸し出している。自転車で通り過ぎるたび、心の中でいつも「次は絶対に行くぞ」と思っていたお店だったが、本当に入るのはこれがおそらく最初で最後となってしまった。

わたしたちが注文したのは、人気の「タルトタタン」だった。わたしたちが中国語で話していたせいだろうか。上品な雰囲気の、グレーヘアの老女が、遠くからずっと興味深げにわたしたちのことを見ていた。ほどなくして、彼女が水差しを持って水をつぎ足しに来てくれた。そして、親しげな笑顔で聞いてきた。「お二人は台湾人？」

不思議に思わないわけがない！　中国語だと識別するのはそう難しくないけれど、まさか台湾国語と北京語の違いまで分かるとは！　わたしたちは同時にうなずいて、「はい」と言った。おばあさんはその瞬間、にっこりとほほ笑んだ。「わたしも台湾で生まれ育ったの。彰化女中（台湾中西部の彰化県彰化市にある名門女子高。現在は「国立彰化女子高級中学」）を卒業したのよ！」おばあさんは興奮して自分を指さした。表情が完全に少女に戻っていた。

「故郷」からお客さんが来たので、八十六歳のおばあさんは、まだわたしたちが生まれていない頃の台湾のことをとうとうと話し続けた。その目はきらきらと光っている。「台湾はすっごく暑かった。でも、何でも美味しかったわあ。わたしたち、女の子何人かで南国の暑いところをずっと歩いて、アイスキャンディーを食べたの。あの光景は一生忘れられないわ」

わたしは、「湾生《わんせい》」という名詞を初めて耳にした。台湾で生まれた日本人という意味で、日本本土へ引《ひ》き揚《あ》げた後についた名前だった。

一九二〇年に台湾で生まれたユリさんは、二十九歳のときに日本の敗戦で引き揚げることになり、日本に帰ってきた。年齢も年齢だったので、すぐに結婚し、京都で画廊を経営していた。海外を何カ国も訪れたユリさんは、パリでタルトタタンに魅入られて、先生について学んだ後、自分のお店で手作りして販売することを決意したのだった。タルトタタンを作るには大変な労力がいる。一日にたった数個しか作れない。ユリさんは、このお菓子に愛情を持っているから、喜んで苦労するのだという。「舌で愛情が分かるの。でも、この愛情には面倒くさいのを厭《いと》わないっていう情熱が必要ね。それでこそ食べ物の中に愛情を注入できるんだから」ユリさんは笑いながら言った。

そうだ。ユリさんのタルトタタンには、女性の青春の情熱が満ちあふれている。強烈な味なのに、優雅な甘さがある。でもこう感じたことを、わたしは簡単な日本語で「このタルトタタンは本当に美味しいですね」としか表現できなかった。ユリさんの食べ物に対する愛情に比べたら、わたしの言葉はなんと乏しいものか、と思わず苦笑いをしてしまった。

「いえいえ、そんなことないわ。一番美味しいのは台湾の『ˇヌ啊』よ」（ヌは注音符号と呼ばれる台湾で一般的に表記される発音記号。ˇはヌの上に付く声調記号。ヌ啊は芋仔（タロイモ）の台湾語の発音で、「オアー」と読む）。ユリさんは頭を軽く揺らしながら、タロイモの台湾語を発した。「わたしが少女だった頃、一番好きだったお菓子なの！　でもあれはわたしには作れないわ。だって、日本には紫色のタロイモがないから」タロイモ入りかき氷以外にも、タロイモパイや芋粿《オーグェ》（タロイモとひき肉をまぜて蒸した料理）もユリさんの大好物で、どれも忘れられない台湾のおやつなのだそうだ。ユリさんが一番忘れられないのは、やはり少女時代を過ごした「故郷」だという。

数日後、急用があり、わたしはいったん台北に戻った。桃園空港で搭乗を待っているとき、ふいにユリさんの青春紫芋物語を思い出して、ついでにタロイモパイをひと箱買い、京都に持って帰ってきた。

ユリさんはご自身で作った洋風の喫茶店の店内で、コーヒーテーブルの前にきちんと座り、かしこまってタロイモパイを切った。それからパイを一切れ、フォークで口へ運んだ。「これ。この味！」皺だらけの口元に、少女のような笑みがこぼれた。

ユリさんはタロイモパイの箱を閉じると、すでに仕事を任せているお孫さんを呼んできて、わたしにタルトタタンをお礼にあげるように言った。「食べ終わったらいつでもここへいらしてね」わたしはユリさんに、自分はもうすぐ日本を離れることになっていて、こんなにたくさん食べられないと言った。「じゃあお友達に分けてちょうだい！　これは京都でいちばん美味しいお菓子……いいえ、世界一美味しいタルトタタンだから」ユリさんは言った。「帰っちゃうのね。それは感傷的な気分にもなるわねえ」ユリさんが台湾を離れることになったときは、わずかなお金と衣類しか持って帰ることができなかった。引き揚げ船に乗っているとき、一番なごり惜しかったのは、いつまた会えるのかもわからない、一緒にアイスキャンディーを食べたお友達のことだった。

それからの数日、わたしはタルトタタンを片手に、お茶やコーヒーを飲みながら涙していた。京都の友人たちと一人ひとりお別れをして、わたしの部屋の中にあるもので、ほしいものを持ち帰ってもらった。

別れの味というのはほろ苦いけれど、タルトタタンはこの上なく美味しかったし、その味に驚かない人はいなかった。

タルトタタンを食べ終えたとき、部屋の中の荷物もついに空っぽになった。台湾に持ち帰れないものは人にあげて、持ち帰るものは段ボールに詰めて台湾に送った。最後に、念入りに掃除をして、空っぽになった部屋に「これまで、ありがとうございました」と挨拶し、それからふたつスーツケースを持って土田ハイツを出た。桜の花の雨の中、新たな旅へと向かう。すべてが、初めてこのマンションに来たときの景色と同じように、何の変哲もなかった。

それから……

京都をあとにしてからもときどき、出会った友達や、静かで穏やかな風景を思い出して懐かしんでいた。そして、折に触れては京都へ行き、あちこち訪ねまわった。ただ、身分はもう観光客になっていたし、ひとり旅ではなく二人旅に変わっていた。

京都の人たち、そして思い出の場所も、変化を遂げていた。

喫茶クンパルシータの佐藤ママ

旅行中のある晩、わたしは当時の記憶を頼りに、夫を連れて高瀬川沿いを歩き、馴染みの路地を入っていった。佐藤ママに再会して、喫茶クンパルシータでまた『ラ・クンパルシータ』を聴きたいと思っていたのだ。記憶があいまいだったので、やっとのことでクンパルシータの場所を見つけた。路地はいまだにぴかぴかと光っていて、欲望が渦巻いていて、客引きのお兄さんはさすがに当時と同じではないけれど、人をじろじろと見定める目はやはり怪しげだ。老舗喫茶店のあの美しい木のドアが、なんと鮮やかなグリーンに塗りかえられているのが見えた。入口にあった店名も跡形もなく消えてしまっていた。

クンパルシータは閉店してしまったのだろうか？

明らかにそうだと分かる事実を信じたくなくて、ドアを開けて中へ入った。カフェは微妙な雰囲気のしゃぶしゃぶ屋に変わっていた。物音を聞いた裸の男性が、トイレから顔を出してきた。びっくりして、わたしは夫をひっぱってあたふたと逃げ出した。向かいの入口に立っていたお兄さんが、狼狽するわたしたちを軽蔑し、あざ笑うような目で見ている。わたしが、以前ここでカフェをやっていたおばあさんはとたずねると、関西弁で冷たい一言を浴びせられた。「どこのばあさん？　知るかいな」

台北に帰ってから、偶然にもインターネット上でクンパルシータの消息を知ることができた。

わたし同様、クンパルシータをこよなく愛する東京在住のカメラマンが、わざわざ京都まで行って佐藤ママ（わたしはこのとき初めて、おばあさんの苗字が佐藤さんだということを知った）に昔話を聞こうとしたところ、お店がなくなっているのを発見した。それで、この人が行方をあちこち聞いてまわったところ、「数か月前、佐藤ママは体調を崩して施設に入った」という消息をつかんだ。ブログの日付を見ると、それはもう三年も前のことだった。

「佐藤ママのきれいな衣装、親切な接客、一時間も二時間もかけて作る一杯のコーヒー……それからあの赤一色のお店のインテリア……ああ、懐かしいなあ！」見ず知らずのカメラマンさんが日本語で書いていた感想は、同じように、わたしも心の中で何度も中国語で言っていたことだった。ブログを読んでいると、佐藤ママが当時、わたしたちのために「ラ・クンパルシータ」をかけてくださった姿がありありと思い出された。そして、情熱的なタンゴの曲が耳のそばで聞こえてきた……

「佐藤ママ、施設でも楽しく過ごしてください。それからずっと綺麗でいてくださいね」

わたしはひっそりと祈った。

美香と郁美の人生の転機

美香は猫のハナを連れて疏水の近くにある、バスルームつきの独身専用マンションに引っ越した。ハナと楽しく暮らし、人生の第二の大きな目標を達成しようとしていた。でも、美香がハナと一緒に過ごせたのは、たったの二年だけだった。

美香はバーで太鼓作りの職人さんと出会った。そして付き合って半年も経たないうちに電撃結婚した。二人は下鴨《しもがも》神社で式を挙げて、祇園に町家を買って小さな家庭を作った。このことは美香の当初の目標リストには入っていなかったのだが、美香は意外にも一生の大事を達成した。

「思うに、人生ってほんま想定外のことだらけやわ。目標が多すぎひんのはええことや思う。目標になかった大穴を当てられることもあるし」のちのち、久仁美さんと美香とわしで木屋町の居酒屋に集まったときに、いつも笑っている美香がこう言った。でも久仁美さんは、それは笑い話なんかじゃないし、壁に貼っとくべき名言だと美香に言った。

ただ、少し前に美香から悲しい知らせが届いた。「ひとつは、飼い猫のハナが、少し前にこの世を去りました。でもハナは十八歳まで生きた。人間で言うと九十歳に相当する高齢です。ハナは長いことうちに連れ添ってくれたし、本当にありがたいと思ってます。それからもうひとつ、久仁美さんのことです。少し前にガンが再発して、この世を去りました。久仁美さんはずっと病魔につきまとわれていて、しばらく痛い思いをしていました。でもようやくもう辛いこともなくなって、よろこんでると思います。でも、『彼女のために、できたことがもっとあったんちゃうやろか』とも思っています。すごく複雑な気分です」

久仁美さんは妹の郁美が京都を去った後、わたしのことをずっと気遣ってくれていた。わたしがひとりで寂しくはないかと、いつも食事やお茶に誘い、おしゃべりしてくれた。美香からの知らせを聞いて、上海で長いこと生活していた郁美が、お姉さんが亡くなって、今は京都へ戻ってきたことも知った。

郁美は上海へ行ったけれど、ずっと片思いをしていた相手とは成就しなかった。その後、郁美は十歳年下の日本人男性のことを好きになった。その彼中心の生活になって、みんなその若い男性のことを「郁美のひまわり」だと言っていた。でもお姉さんの久仁美さんは、それをとても心配していたのだった。

郁美とひまわり男は最終的に結ばれることはなかったけれど、郁美は上海のアパレルメーカーでの仕事を見つけた。仕事人間の郁美は、異国の厳しい仕事環境に新たなチャレンジを見出して、また闘志を取り戻した。そして、ずっと中国にいようと思い、チベット旅行の計画まで立てていたところだった。だが思いがけず、旅行前に姉の他界の知らせが入った……いま郁美は、実家のクリーニング店にいて、お母さんと生活している。

「いくら稼いでも、人生最後はこうなるんやな。あはは」わたしを八坂《やさか》神社裏手の墓地へ連れていき、二人で久仁美さんをお参りした後、郁美が爽やかな笑顔でこう言った。郁美はもう仕事には執着しないのだという。じゃあ男性は？「いい男に出会えへんかったら、それまでやね」郁美は流暢な中国語でこう答えた。

吉田寮の友人たち

京都を離れてから二年後、送信元に心当たりのないメールが届いた。開いてみると、なんとしばらく連絡のつかなかった鹿王子からだった。「マレーシアで結婚することになりました。来てくれませんか？」

当時のわたしも、もうすぐシカゴから台湾に戻って結婚式を挙げるところだったので、道中マレーシアに立ち寄って古い友人をお祝いするのもよいと思い、思わずすぐに鹿王子に案内状を送ってもらった。

デジタル案内状には、ふっくらとした鹿王子と、美しいお相手の結婚写真が写っていた。新婦は活発で明るそうな方で、南国の気質がうかがえた。先にマレーシアに立ち寄ってから台湾に帰って自分の結婚式を挙げようか、それとも台湾からアメリカに戻る前に立ち寄ってお祝いしようかと考えながら、式の日にちをよく見ると、なんとマレーシアの披露宴が、わたしの結婚式と同じ日に行われることが発覚！

「王子、ほんとごめんね。あんたの式の日、わたしもちょっと忙しいんだ……わたしも台北で結婚式なの」

「ありゃま、そりゃ縁があるね。さすがは僕の生徒だ。じゃあ僕らはアジアのふたつの都市で、同時に結婚するんだね。あはは」

鹿王子の結婚式に参列することはかなわなかったが、縁あって同じ日に結婚式を挙げたことで、吉田寮を出た後すっかり音沙汰のなくなってしまった李沙のことを思い出した。それで、すぐメールを送ってみた。

これまた即座に、日本語で書かれた返事が届いた。「妊娠しました」メールには、ブログのURLも貼ってあった。李沙はブログで、妊娠中の気分について詳しく書いていた。

「生活は平凡この上ないけれど、身体の中に新しい命が宿っている感じはわくわくする。わたしは新しい人間になれるんだって」それから、たまにブログを見ていると、徐々に妊娠日記が育児日記になっていった。李沙は息子に泣かされ、一緒に笑う京都の主婦になっていた。まだ映像を撮っているの？　とメッセージを残したところ、李沙がリンクを送ってきた。やっぱり、息子の生活の様子を撮影したものばかりだった。

今でもときどき京都を訪れては、わざわざ吉田寮を通り過ぎるようにしている。吉田寮が永遠に変わらず、古ぼけているのを見届けるのだ。そうすることで、自分がここで二人の友人と出会ったことを忘れないようにしようとしているのかもしれない。そして思わず想像してしまう。あの当時、入口に座って論戦を繰り広げていた若者たちは今、何をしているのだろう？　どんな人生を過ごしているのだろう？

ラ・ヴァチュールのユリさん

長いこと海外で生活したが、結局わたしは台湾に戻った。じめじめとしていて蒸し暑い天気のため外に出る気もせず、生きる目標を見失っていた。何かを考えるわけでもなく、ドキドキするようなこともない。もともと好き嫌いが激しくて、うるさかったはずの味覚もだんだん麻痺してきた。時間になればお腹がすいて、食材をまるごと鍋に放り込んで煮ていた。しまいには鍋をそのままテレビの前に置いて、食事をするようになっていた。でもテレビを日本語チャンネルに合わせることは忘れなかった。食べながらテレビから流れる日本語を聴いていると、寂しくなくなるのだった。

ある日、テレビで京都のグルメが紹介された。下を向いて食事をしていたら、ふいに馴染みのある声が耳に入ってきて、慌てて顔を上げて画面に食い入った。

「あっ！」画面にラ・ヴァチュールが登場している。真っ白な髪をした店主のユリさんが、自慢のタルトタタンを紹介しているところだった。九十歳を越えたユリさんは、いまなお自分の作るタルトタタンへの情熱と気合いに満ちていた。

そしてこのとき、記憶の中のユリさんお手製のタルトタタンの甘酸っぱくて濃厚な味と、懐かしさと感動が入り乱れて、とっさに舌と鼻がむずむずしてきた。

京都を離れてアメリカに暮らすうち、知らぬ間にわたしも、秋になれば死ぬほど甘くて不健康なシナモンアップルパイを食べて感謝祭を祝うのが習慣になっていた。たまに台湾のタロイモが恋しくなるとき、ようやくユリさんのタルトタタンを思い出すけれど、あの緻密な甘みの記憶は、時間の経過とともに薄れていった。台湾に戻ったら戻ったで、秋には紅葉こそ見ることはできないけれど、いつでもどこでもタロイモを食べられるので、もうアップルパイを食べることもなくなってしまった。

京都での日々は前世の記憶のようで、わたしは平凡で単調でありふれた人になっていた。でもこの瞬間、味の記憶こそあいまいだったけれど、心は激しく揺れ動いた。ユリさんが青春時代のことを話すときの目、タロイモパイを食べているときの満足そうな笑顔がありありと目に浮かんできた。友達と食べた最後の一切れのタルトタタンは、どれほど名残惜しかったんだっけ。美しい京都を記憶に残しておこうと、どうやって誓ったんだっけ……わたしってば、こういうこと全部、忘れちゃったの？

わたしはユリさんに葉書を送った。

まだ覚えていらっしゃるでしょうか。数年前にタロイモパイとあなたのタルトタタンを交換していただいた台湾人女性です。
今日、偶然にもテレビであなたの近況を拝見して、たいへん感動いたしました。ユリさん、いまもタルトタタンを作ってくださっていてありがとうございます。いつまでもお元気で、忘れられない青春を過ごしたすべての人たちのために、美味しいお菓子をずっと作り続けてください。

後に、ユリさんからお返事をいただいた。かいつまんで言うと、実はユリさんはもうタルトタタンを作っていなかった。レシピは全てお孫さんに伝授していて、お孫さんがお店を継いでいた。でも、今も毎日お店に来て座っている。こういう生活にこそ、目標や意義があるという。それから死ぬ前に、また台湾に行ってみたいということだった。

その後しばらくして、お孫さんから連絡が届いた。少し前に、ユリさんは亡くなったということだった。享年九十六、安らかにこの世から旅立った。

ユリさんは旅立つ前に、台湾にも足を運んだだろうか？

さよなら。しなやかに、明るく

十一月、楓の広がる宝厳院《ほうごんいん》、獅子吼《ししく》の庭。早朝。

赤々と燃える楓の木を見わたすと、質朴で古めかしい寺院が際立っている。

地面には青苔《あおこけ》がびっしり張りついていて、そこには黄身がかった茶色をした葉のじゅうたんが敷かれ、輝く星のような形になっている。

観光客はまだいない。わたしは目を閉じて、椅子にすわる。風の音、鳥の声に耳を澄ます。

世界中にわたしだけしかいないような気がする。でも、怖くなんかない。ただこの上ない静けさだけを感じている。

「ここ、きれいでしょう?」

目を開けると、パンフレットを持って、帽子をかぶったおばさんが、わたしのそばに座って庭を眺めていた。

おばさんはたぶん、わたしと話がしたかったんだろうと思った。

「そうですね。ここを離れたくないです」心を込めて答えた。

「日本は京都みたいにきれいなとこばかりじゃないからね。ラッキーな留学生ね」

「はい」

「日本には京都っていうところがあって、本当に感激だわ」

「本当ですね」

おばさんは、三時間かけて新幹線でやってきたそうだ。

わざわざ関東からここまで来たのは、まるでルビーのような、この貴重な静けさと美しさにふれるためだった。おばさんは、わたしが京都に住んでいることをひどく羨んだ。

地面いっぱいに広がる楓の葉を見ていると、

心の中にある暗くて、硬くなっていた部分が、しなやかで、軽やかになっていくのが分かる。

冬の厳しい寒さと雪を経験してこそ、はじめて夏の灼熱、陽の光が恋しくなる。命が暗く寂しいものだと知ってこそ、はじめて情熱的に、明るく生きられる。

神様、京都でひとりぼっちの日々をくださって、ありがとうございます。

そしてここでわたしが出会った方々と、数々の物語に感謝します。

訳者略歴　翻訳家。お茶の水女子大学大学院博士前期課程修了。企業勤務ののち北京へ留学，帰国して台湾ドラマ配給会社で日本語版制作を担当。訳書に『三体』（共訳，早川書房刊），『紫嵐の祈り』（共訳）他多数

いつもひとりだった、京都《きょうと》での日々《ひび》

2019年11月10日　初版印刷
2019年11月15日　初版発行

＊

著　者　宋《ソン》　欣《シン》穎《イン》
訳　者　光吉《みつよし》さくら
発行者　早　川　浩

＊

印刷所　三松堂株式会社
製本所　大口製本印刷株式会社

＊

発行所　株式会社　早川書房
東京都千代田区神田多町2－2
電話　03-3252-3111
振替　00160-3-47799
https://www.hayakawa-online.co.jp
定価はカバーに表示してあります
ISBN978-4-15-209891-7　C0098
Printed and bound in Japan
乱丁・落丁本は小社制作部宛お送り下さい。
送料小社負担にてお取りかえいたします。

羊飼いの暮らし
――イギリス湖水地方の四季

The Shepherd's Life
ジェイムズ・リーバンクス
濱野大道訳
ハヤカワ文庫NF

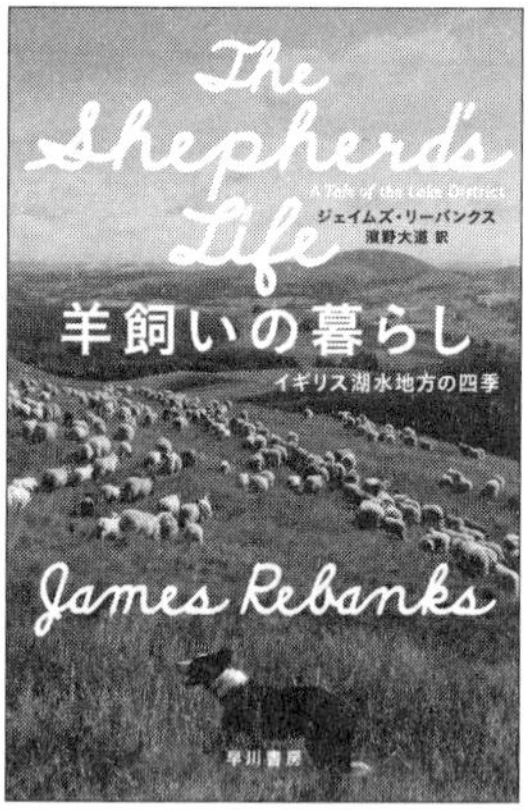

太陽が輝き、羊たちが山で気ままに草を食《は》む夏。競売市が開かれ、一番の稼ぎ時となる秋。過酷な雪や寒さのなか、羊を死なせないよう駆け回る冬。何百匹もの子羊が生まれる春。湖水地方で六〇〇年以上続く羊飼いの家系に生まれたオックスフォード大卒の著者が、羊飼いとして生きる喜びを綴る。

解説／河﨑秋子

グッド・フライト、グッド・ナイト

——パイロットが誘《いざな》う最高の空旅

Skyfaring

マーク・ヴァンホーナッカー
岡本由香子訳

ハヤカワ文庫ＮＦ

高度三万フィートから見下ろす絶景、精密、かつダイナミックなジェット機の神秘、空を愛する同僚たちとの邂逅……雲の上は、信じられないほど感動に満ちている。ボーイング７４７の現役パイロットが空と飛行機について語る。多くのメディアで年間ベストブックに選ばれた極上のエッセイ。

解説／眞鍋かをり

樹木たちの知られざる生活
——森林管理官が聴いた森の声

Das geheime Leben der Bäume

ペーター・ヴォールレーベン
長谷川 圭訳
ハヤカワ文庫ＮＦ

樹木には驚くべき能力と社会性があった。子を教育し、会話し、ときに助け合う。一方で熾烈な縄張り争いを繰り広げる。音に反応し、数をかぞえ、長い時間をかけて移動さえする。ドイツで長年、森林管理をしてきた著者が、豊かな経験と科学的事実をもとに綴る、樹木への愛に満ちあふれた世界的ベストセラー！